あかね淫法帖
仙界の媚薬

睦月影郎

コスミック・時代文庫

この作品はコスミック文庫のために書下ろされました。

目次

第一章　家老のお嬢様を救え

一

「まだ生きてやがらあ。もう虫の息だがな」

「川へ叩《たた》ッ込んじまえ。流れていけば、どこで殺《や》られたか分からねえだろう」

破落戸《ごろつき》たちの話す声が聞こえ、襟首《えりくび》と帯を掴《つか》まれて身体を持ち上げられたが、喜助《きすけ》にはどうすることも出来なかった。

棍棒《こんぼう》で頭を割られ顎《あご》を砕かれ、手足やあばらも折られているようだ。辛《かろ》うじて意識があるのが不思議なくらいだが、間もなく彼は放り投げられ、ザブリと川の水に潜り込んだ。

七月だというのに川の水は冷たく、ますます頭がはっきりしてきたので、そう簡単には死なないようだった。

二十歳《はたち》になる喜助は、越中《えっちゅう》から江戸へ出てきたところである。

家は『越中屋』という大きな薬種問屋で裕福な方だったが、兄が多く、末っ子の喜助はひたすら小間使いのように働かされるだけで、とても嫁をもらって所帯を持つような立場ではなかった。

田舎のことで若い娘も少なく、しかも嫁取りは兄たちから順番だから落ち着けるのはいつのことか分からない。それよりは思い切って江戸に出て、遠縁を頼って頑張ってみようという気になったのだ。

行商人からもらう絵草紙には、華やかな江戸の様子が描かれ、いつしか喜助は江戸へ熱い憧《あこが》れを寄せるようになっていたのである。

親や兄に相談したところ、只働《ただばたら》きさせられる末っ子がいなくなることに反対されたが、祖父の喜兵衛《きへえ》が一人、家族を説得してくれた。働き者で頭の良い喜助を前から祖父は目にかけてくれていたのだった。

かくて僅《わず》かな路銀をもらって故郷を出ると、富山《とやま》から一旦北に向かい、越後《えちご》の高田宿《たかだしゆく》から北国街道《ほっこくかいどう》を南下し、追分《おいわけ》からは中山道《なかせんどう》に入った。

参勤交代《さんきんこうたい》で殿様が江戸へ行く道筋で、やがて熊谷《くまがや》に着く頃には、いくら節約しても路銀は残り少なくなり、なるべく野宿するようにした。

季節も七夕《たなばた》の頃で、野宿も寒くはない。

そして喜助は半月ほどかけ、ようやく板橋《いたばし》辺りに来たところで日が暮れ、疲労と空腹で倒れそうになっていたのだ。最後の食事は、昼に茶店で食った握り飯だけである。

やがて川沿いの野原に朽ち果てた廃寺があるのを見つけると、そこで夜を過ごそうと思って喜助はフラフラと近づいた。

すると中から灯りが洩れていて、誰かいるのかと覗《のぞ》き込むと、何とそこには、何人もの破落戸が半裸になって集まり、博打《ばくち》をしていたのである。

誰もが凶悪な顔をし、しかもいちばん奥には艶《あで》やかな大年増《おおどしま》の美女が長い煙管《キセル》で莨《タバコ》を吹かしていた。三十前だろうか、洗い髪を束ね、切れ長の目が妖《あや》しい。凄味《すごみ》のある貫禄からして、連中の女頭目かも知れない。

これは一夜の宿を借りるわけにはいかず、喜助はこっそり出てゆこうとしたが何といちばん奥にいる女に気づかれてしまったのだ。

「誰だい！」

彼女が言うなり、破落戸たちも一斉に振り返って喜助を睨《にら》んだ。

「何だ、てめえは！」

「た、旅のもので、一夜お借りしようかと……」

逃げようにも疲労と空腹で身動きできず、それだけ言うのがやっとだった。

「お駒姐《こまねえ》さん、どうしやす？」

「金があるか調べな」

凶悪な顔つきをした髭面《ひげづら》が訊《き》くと、お駒と呼ばれた女が答えた。

するとたちまち何人かが喜助の懐中や袂《たもと》、振り分け荷物の中まで探ってきたのだ。荷物は僅かな着替えだけで、道中差しなども持っておらず、巾着《きんちゃく》にはほんの数十文かの小銭だけだった。

「けっ、シケてやがる。いくらも持ってませんぜ」

「少しでもいい。奪ったら殺っちまいな」

無情にも駒が言い放ち、連中は巾着や荷物だけ盗《と》ると、喜助を庫裡《くり》の外へ引っ張り出し、手足や頭を棍棒で殴る蹴るの仕打ちをした。

それでも気を失わなかったのは、あるいは負けの込んでいる連中が加減をして楽しみを長引かせたかったのかも知れない。

とにかくひどい目に遭《あ》い、喜助は水の中でもがきながら、こんなことなら江戸へなど来るんじゃなかったと思った。

連中は、彼を川へ叩き込むと、溺《おぼ》れ死ぬのを見届けることもなく、荒れ寺へと引き上げていった。

水の中で、喜助はふと故郷を発つとき祖父の喜兵衛が言った言葉を思い出していた。

「どうしても困ったときは、このお守り袋に入っている一粒の竜骨《りゅうこつ》を飲め」

竜骨とは、薬用にする骨の化石である。

牛や馬、あるいは唐《から》から運ばれてきた象や犀《さい》、大昔にいたという巨大な竜の骨などを粉末にしたもので、漢方薬に混ぜて使うと鎮静効果がある。

祖父が言うのだから、相当に貴重で効き目のあるものなのだろう。

それを思い出すと、喜助は必死に水を掻き、ようやく中洲《なかす》まで辿《たど》り着いて荒い息遣《いきづか》いを繰り返した。

泥の中で仰向けになると、満天の星が降るようだ。

そして首から下げたお守り袋を開いた。連中も、お守り袋だけには手をかけなかったのだ。

中から、厳重に包んだ油紙が出てきて、注意深く開いていくと、畳まれた書き付けとともに、米粒ほどの白い竜骨が出てきた。

書き付けなど開いて読む暇はない。とにかく喜助は祖父の言いつけを守り、小さな骨片を口に入れた。すると、それは唾液を吸って柔らかくなり、難なく喉を通過していった。

そして少し落ち着くと、彼はあとで明るい場所で読もうと書き付けを油紙に包み、再びお守り袋に入れてキュッと口を締めた。

（え……？）

そんな作業をしていると、ふと喜助は気づいた。

手足が折れているだろうに、難なくお守り袋を扱い、動作も淀《よど》みなくなっているのである。

全身の痛みも和《やわ》らぎ、試しに身を起こしてみると、どこも痛むことなく立ち上がることが出来たのだ。

（竜骨の効き目か……？）

思いながら手足を屈伸してみたが痛まず、むしろ以前より動きが軽やかになっているではないか。割られた頭や砕かれた顎に触れてみても、もう血は止まり、すっかり日が落ちて暗いのに周囲をはっきり見ることが出来ていた。

喜助は濡れた着物を脱いで搾《しぼ》り、再び羽織って帯を結んだ。

そして中洲から岸まで、簡単に跳べる気がしてきたのである。

彼は思い、足を踏ん張った。仮に落ちても、今は簡単に岸まで泳ぎ着けそうな気もしてきた。

（跳ぶか）

意を決して中洲の泥を蹴って宙に舞うと、思っていたより遠くまで跳躍することができ、彼は難なく地に降り立っていたのだ。

何やら全身に力が漲《みなぎ》り、夜目も効いて夏虫の声もはっきり聞こえていた。

やがて喜助は、僅かな金でも取り返そうと、何と荒れ寺へと戻っていったのである。

元より喜助は度胸などなく、手足は細く身体も小柄で、幼い頃から喧嘩《けんか》などしたことはない。兄貴たちに殴られても、言い返すこと一つ出来ないでべそをかいていたのに、今はあの破落戸たちが全く恐くなくなっていたのだ。

いくらも流されなかったのだろう。軽やかな足取りで廃寺に戻ると、彼は中に踏み込んでいった。

すると、またいち早くいちばん奥の駒が彼に気づいた。

「お、お前。生きていたのかい……！」

彼女が言うと、連中も驚いて喜助に目を遣《や》った。

「て、てめえ、息を吹き返しやがったか……」

「お前たち、ずいぶん手加減したようだね」

破落戸たちが立ち上がると、駒が煙管の火種をポンと叩き落として言った。

「そ、そんなはずは……」

連中が言うところへ、喜助はズンズンと近づいていった。

「巾着を返してもらいますよ」

喜助が言い、茣蓙《ござ》に置かれていた自分の巾着を拾うと懐中に入れた。

さらに隅にあった自分の笠や荷物に近づくと、破落戸たちは五体満足に歩いている彼に呆然《ぼうぜん》としながらも、

「死にやがれ！」

一人が匕首《あいくち》を抜き放って怒鳴り、いきなり突きかかってきたのだ。

喜助には、その動きがやけにゆっくりと見え、難なく得物《えもの》を握ったその手首を摑んで捻《ひね》ると、

「ぐわーッ……！」

ごきりと鈍い音がして男が奇声を発し、匕首を取り落とした。

利き腕の手首と肘《ひじ》が、あらぬ方にねじ曲がっていた。

「こ、こいつ……！」

他の連中もいきり立って得物を手に手に、一斉に喜助に躍りかかってきた。

それを順々に喜助は腕をへし折り、軽々と持ち上げて床に叩きつけていた。

まるで夢でも見ているような気分で、喜助は舞うように連中を屠《ほふ》ると、さすがに貫禄ある駒も息を呑んで立ち尽くしていた。

二

「お、お前。何者……」

駒が油断なく身構えて喜助に言う。十数人の破落戸たちも、もう立ち上がれるものは一人もなく、肩や腕を折られて苦悶《くもん》していた。

「こいつらにやられて死にかけたら、急に生まれ変わったんです」

喜助は答え、盆に並んだ握り飯や、囲炉裏《いろり》にある鍋の煮物に目を遣った。そして湿った着物を手早く脱ぎ、おあつらえ向きに梁《はり》に渡されている縄に掛け、下帯《したおび》一つになった。

「酒はいいから、少しだけ飯を貰《もら》いますね」

彼が言って近づくと、駒がいきなり簪《かんざし》を抜いて素早く投げつけてきた。

それをろくに見ずに喜助は宙で摑むと、彼女の方へ軽く投げ返した。やはり先端は刃物らしく、それは駒の足元の床にカッと突き刺さった。

構わず彼は座り、大根や芋《いも》、油揚げや人参の煮物を椀《わん》に盛って食いはじめた。

「ああ、旨《うま》い」

頬張りながら満面の笑みで言うと、

「へえ、すごい度胸だね。そんな風には見えなかったのに……」

駒も、喜助が自分を攻撃する気はないと察したか、ようやく落ち着いた声で言い、床に刺さった簪を抜いて髪に挿《さ》した。

「武芸者や素破《すっぱ》ではなさそうだ。その身体つきでは、とても鍛えてきたとは思えない」

「越中から出てきた町人ですよ。それより、お駒さんこそ素破でしょう」

食いながら喜助は言った。

素破など話に聞いていただけだが、なぜか駒の身のこなしや佇《たたず》まいを見て、そう直感したのである。

関ヶ原《せきがはら》の合戦から百年余、この元禄《げんろく》十四年（一七〇一）に素破がいるとも思えないが、あるいは脈々と技を受け継いだ者がいるのかも知れない。

「ああ、はぐれものの素破だよ。今は大店《おおだな》の妾《めかけ》に納まってるけど、こうして夜な夜な外へ出るのさ」

「こいつらは？」

「破落戸を集めて、腕の良いものだけ盗賊に使っていたんだが、もう無理だね。こうまで利き腕を壊されたら使いものにならない」

そう言うと駒は呻《うめ》いている連中に近づき、

「いつまでノビてるんだい。さっさとねぐらへ帰りな！」

怒鳴りながら蹴飛ばすと、連中も肩を貸し合って這うように庫裡を出ていった。

破落戸たちを追い出すと駒は戸を閉めて戻り、座って茶碗酒を含んだ。

片膝を立てると白い脚が露《あら》わになり、燭台《しょくだい》の火に艶《なま》めかしく映えた。

「お前さん、名は？」

「喜助」

「どうだい、あたしと組まないかい？」

「いや、悪事に手を染めるつもりはないです。行くところがあるので」

「どこへ」

「神田にある遠縁の薬種問屋です」

喜助は答え、腹も満たされたので箸《はし》を置き、竹筒の水を飲んだ。

「ふうん、そうかい。ならばせめて、あたしを抱いとくれよ。お前と話しているうち、急に催《もよお》してきたんだ」

駒は言い、寄りかかっていた布団を敷き延べ、帯を解きはじめたではないか。

喜助も、急激に淫気が満々になってきた。

国許では、行商人が置いていった枕絵を見ながら毎晩何度も手すさびし、それが寝しなの習慣になっていたのだ。

それが半月ばかりの貧乏旅で、すっかり精汁を抜く余裕もなかったから、相当に溜まっていることだろう。今ようやく人心地ついて、脱いでゆく駒を見ながら一物《いちもつ》はピンピンに突き立ってしまった。

駒はみるみる着物と襦袢《ジュバン》を脱ぎ、白い肌を露わにしていった。

すると生ぬるく甘ったるい匂いが漂い、彼も堪《たま》らずに下帯を脱ぎ去って全裸になった。

「もしかして、初めてかい？」

ふと駒が訊いてくる。

やはり緊張が表に出ているのだろう。何しろ、こんな艶やかな美女を前にするのは初めてなのだ。国許ではすでに母は亡く、身近な女といえば長兄のがさつな嫁ぐらいのものだったのである。

「ええ……」

「そう、じゃ好きにおしよ。したいことが山ほどあるだろう」

言うと駒は一糸《いっし》まとわぬ姿になり、布団に仰向けになった。

喜助はにじり寄り、身を投げ出した駒を見下ろした。豊かな乳房が息づき、色づいた乳首からポツンと白い雫《しずく》が浮かんでいる。

「あ、赤ん坊が……?」

「ああ、いるよ。でも、そろそろ出なくなる頃だけど、吸って構わないよ」

駒が言うと、彼も心地よい興奮と緊張の中、吸い寄せられるように乳房に顔を迫らせていった。

チュッと乳首に吸い付き、舌で転がしながら顔中を膨《ふく》らみに押しつけると、さらに甘ったるい匂いが揺らめいた。

憧れの女体を自由に出来るとは、本当に彼は江戸へ出てきて良かったと思ったものだ。

「アア……。何だか、すごく感じる……」

駒が目を閉じて熱く喘《あえ》ぎ、クネクネと身悶《みもだ》えはじめた。

彼は左右の乳首を交互に含んで舐め回し、顔中で柔らかな膨らみを味わった。

吸うたびに生ぬるく薄甘い乳汁《ちしる》が滲《にじ》み出て、心地よく舌を濡らし、濃厚に甘い匂いが胸いっぱいに広がった。

両の乳首と乳汁を心ゆくまで味わうと、喜助は駒の腋《わき》の下にも鼻を埋《うず》め込み、柔らかな腋毛に籠もる甘ったるい汗の匂いに噎《む》せ返った。

（ああ、これが女の匂い……）

彼は胸を満たしながら興奮と感激に包まれ、さらに滑《なめ》らかな肌を舐め下りていった。

勿体《もったい》ないので股間を後回しにし、スラリとした脚を舌でたどった。

せっかく好きにして良いと言われているので、初の女体を隅々まで味わいたかったのだ。

体毛のある脛《すね》を下り、喜助は彼女の足裏にも舌を這わせた。

さすがに脚は限りない力を秘めたように逞《たくま》しく、形良く揃った足指も太くしっかりしていた。

　指の股に鼻を押しつけると、そこは汗と脂《あぶら》にジットリ湿り、蒸《む》れた匂いが濃く沁み付いて鼻腔《びこう》が刺激された。これも嫌ではなく、むしろ刺激が興奮剤のように彼を陶然《とうぜん》とさせた。

　喜助は爪先にしゃぶり付き、順々に指の股に舌を割り込ませて味わい、もう片方の足指も味と匂いを貪《むさぼ》り尽くしてしまった。

「アア……、いい気持ち……」

　駒もうっとりと喘ぎ、ヒクヒクと肌を波打たせていた。

　隙あらば攻撃しようなどという気配もなく、すっかり彼女も全身で愛撫を受け止めているようだ。

　やがて彼は駒の股を開かせ、脚の内側を舐め上げていった。

　白くムッチリと張りのある内腿をたどり、股間に迫ると、そこは熱気と湿り気が籠もっていた。

　見ると黒々とした恥毛が密集し、割れ目からはみ出した花びらがヌラヌラと熱く潤《うるお》っている。

　舐める前に指を当てて陰唇を左右に広げると、子を産んだ膣口が襞を入り組ませて収縮し、しかも親指の先ほどもある大きなオサネが、光沢を放ってツンと突き立っていた。

枕絵の陰戸《ほと》は誇張されて描かれていると聞いていたが、こんなにオサネが大きいとは思わず、喜助は艶めかしい眺めに見惚《みと》れた。

そして匂いに誘われるように顔を埋め込み、柔らかな茂みに鼻を擦《こす》りつけて嗅《か》ぐと、蒸れた汗とゆばりの匂いが悩ましく鼻腔を掻き回した。

(陰戸の匂い……)

喜助は思い、興奮とともに胸を満たしながら舌を這わせていった。

ヌメリは淡い酸味を含み、すぐにも舌の動きがヌラヌラと滑らかになり、彼が息づく膣口から大きなオサネまで舐め上げていくと、

「あう、そこ……!」

駒が呻き、内腿でキュッときつく彼の両頬を挟み付けてきた。

喜助も豊満な腰を抱え込み、匂いに酔いしれながらオサネに吸い付き、舌を這わせては、新たに湧き出してくる淫水をすすった。

味と匂いを貪ってから、彼は駒の両脚を浮かせて尻に潜り込んだ。

双丘の谷間を見ると、薄桃色の蕾《つぼみ》が枇杷《びわ》の先のように突き出た艶めかしい形を

して、妖しく収縮していた。

鼻を埋め込み、蒸れて生々しい匂いを嗅いでから舌を這わせ、ヌルッと潜り込ませると、

「く……！」

駒は拒《こば》むこともせず、息を詰めながらモグモグと肛門で舌先を締め付けた。

喜助は中で舌を蠢《うごめ》かせ、ほんのり甘苦く滑らかな粘膜を探りまくった。

三

「アア……、も、もういい。今度は私が……」

喜助が駒の股間の、前と後ろを存分に味わい尽くすと、彼女が言って身を起こしてきた。

彼も入れ替わりに仰向けになると、すぐ駒が彼を大股開きにさせて腹這い、股間に顔を寄せてきたのだ。

「お返し」

駒が股間から言い、何と彼の両脚を浮かせて尻の谷間を舐めはじめた。

まさか女がそんなことまでしてくれるとは思わず、喜助は驚きながら浮かせた脚を震わせた。旅の間はろくに風呂など入っていなかったが、さっき水に浸かったから構わないだろう。

駒はチロチロと肛門を舐め回し、熱い鼻息でふぐりをくすぐりながら、自分がされたようにヌルッと舌を潜り込ませてくれたのだ。

「あう……」

喜助は妖しい快感に呻き、味わうようにモグモグと美女の舌先を肛門で締め付けた。

駒も内部で舌を蠢かせ、やがて脚を下ろすと舌を引き離し、鼻先にあるふぐりにしゃぶり付いてきた。熱い息を股間に籠もらせながら、二つの睾丸《こうがん》を舌で転がし、袋全体を温かな唾液にまみれさせた。

そして舌先で縫い目をたどり、肉棒の裏側をゆっくり舐め上げてきた。

「アア、気持ちいい……」

滑らかな舌が先端まで這い上がり、粘液の滲む鈴口《すずぐち》をチロチロ舐められると、喜助は夢のような快感に喘いで幹を震わせた。

春本《しゅんぽん》によれば、口で一物を可愛がってもらうなど、相手が遊女なら大店の隠居あたりが大枚をはたかなければ叶《かな》わないと書かれていた。それを、この妖しい美女はためらいなくしてくれたのだ。

駒は張り詰めた亀頭をしゃぶり、そのままスッポリと喉の奥まで呑み込んでいった。幹を口で締め付けて吸い、熱い鼻息で恥毛をそよがせ、口の中では満遍《まんべん》なく舌がからみついた。

たちまち彼自身は、美女の生温かな唾液にどっぷりと浸った。さらに駒は顔を上下させ、スポスポと濡れた口で強烈な摩擦を開始したのである。

「ああ、いきそう……」

喜助は急激に高まり、まるで全身が美女の口に含まれ、唾液にまみれて舌で転がされるような快感に喘いだ。

すると駒がスポンと口を離し、

「入れるわ」

言うなり身を起こして前進し、彼の股間に跨《また》がってきた。

そして幹に指を添えて支えると、先端に濡れた割れ目を押し当て、位置を定めて息を詰め、ゆっくり腰を沈み込ませてきた。

張り詰めた亀頭が潜り込むと、あとはヌルヌルッと滑らかに根元まで呑み込まれ、股間が密着してきた。

「アア、いいわ……！」

完全に座り込んだ駒が顔を仰《の》け反《ぞ》らせて喘ぎ、豊かな乳房を揺すった。

喜助も、温もりと潤い、締め付けと摩擦に包まれながら懸命に奥歯を嚙んで暴発を堪《こら》えた。

さっきは彼女の口に漏らしそうになったが、やはりこうして一つになるのが最も良いのだと実感したものだ。

じっとしていても息づくような収縮が一物を刺激し、やがて彼女がゆっくりと身を重ねてきたので、喜助も両手を回して抱き留めた。

「膝を立てて、動いて抜けるといけないから」

駒が囁《ささや》き、彼も両膝を立てて豊満な尻を支えた。

喜助の胸に、乳汁の滲んだ乳首が密着し、弾力ある膨らみが心地よく押しつけられてきた。

すると駒が彼の肩に腕を回して顔を寄せ、上からピッタリと唇を重ねてきた。

柔らかな唇の感触と、唾液の湿り気が伝わってきた。

ヌルリと舌が侵入し、喜助も歯を開いて受け入れると、長い舌がクチュクチュと彼の口の中を舐め回した。

駒の息で鼻腔を湿らせながら、生温かな唾液に濡れて蠱く美女の舌を味わっていると、舌をからめながら彼女が徐々に腰を動かしはじめた。

喜助も無意識にズンズンと股間を突き上げはじめると、あまりの快感で動きが止まらなくなってしまった。

「アア、いい……。すぐいきそう……」

駒が口を離し、淫らに唾液の糸を引きながら喘いだ。

彼女の鼻から洩れる息はほとんど無臭だったが、口から吐き出される湿り気ある息は花粉のような悩ましい刺激を含んで彼の鼻腔を掻き回した。

（ああ、いい匂い……）

喜助は興奮を高め、激しく股間を突き動かすと、彼女も動きを合わせてきた。

大量に溢《あふ》れる淫水がふぐりの脇をトロトロと伝い流れ、彼の肛門の方まで生温かく濡らした。

互いの動きが一致し、股間をぶつけ合うように律動すると、ピチャクチャと湿った摩擦音が響いてきた。

もう限界である。たちまち喜助は、激しく動きながら大きな絶頂の快感に全身を貫かれてしまった。

「い、いく……！」

呻きながら、半月分の熱い精汁をドクンドクンと勢いよくほとばしらせると、

「あ、熱いわ、いく……。アアーッ……！」

噴出を感じた途端に駒も声を上ずらせ、ガクガクと狂おしく痙攣《けいれん》しながら激しく気を遣ったようだ。

収縮と潤いが増し、彼は駄目押しの快感の中で心置きなく最後の一滴まで出し尽くしていった。

満足しながら徐々に突き上げを弱めていくと、

「ああ……、こんなに感じるなんて……」

駒も息を震わせて言い、肌の強《こわ》ばりを解いて力を抜くと、グッタリともたれかかってきた。

素破で盗賊の女頭目ともなれば、海千山千の体験を経ているだろうに、こんな初めての小僧っ子で気を遣るのも不思議だったが、どうやら本当に良かったようで、身体を預けながら彼の耳元で荒い息遣いを繰り返していた。

膣内は名残《なごりお》惜しげな収縮が繰り返され、刺激された幹が内部でヒクヒクと過敏

に跳ね上がると、

「あう……」

駒も敏感になっているように呻き、一物の震えを押さえつけるようにキュッときつく締め上げてきた。

喜助は美女の重みと温もりを受け止め、彼女の吐き出す花粉臭の吐息を胸いっぱいに嗅ぎながら、うっとりと余韻を味わったのだった……。


――翌朝、喜助が全裸のまま目を覚ますと、すでに駒の姿はなかった。

昨夜は筆下ろしを終え、彼は駒の温もりに包まれたまま、泥のように眠り込んでしまったのだ。

駒は彼の寝首を掻くこともなく、本来の住まいである大店へ戻ったのだろう。

喜助の荷も巾着もそのままだったが、それでも彼女は破落戸たちの置いていった金は掠《さら》っていったようだ。

一夜の体験が夢のようにも思えたが、全身に漲る力と、快感の余韻が肌の隅々に残っている気がした。

やがて喜助は伸びをしてから身を起こし、下帯を着けると、すっかり乾いた股《もも》引《ひき》と着物を着て、手甲脚絆《てっこうきゃはん》などの身繕《みづくろ》いを調《ととの》えた。

草鞋《わらじ》を履いて肩に振り分け荷物を掛け、笠を持って庫裡を出ると、ちょうど日が昇《は》りはじめ、今日も好天のようだった。

そして彼は荒れ寺を出ると、板橋から巣鴨《すがも》、駒込《こまごめ》と南下し、人に訊きながら昼過ぎにようやく神田に辿り着いたのである。

さすがに行き来する人たちは祭りの日のように多く、商家には幟《のぼり》が立ち並んで、いかにも江戸へ出てきたのだという実感が湧いた。

しかし竜骨の効き目か、疲れは全くなく、痛めつけられた傷も嘘のように完治していたのだった。

商家の並ぶ一番端、そこに目当ての薬種問屋『心気堂《しんきどう》』があった。

当主の七兵衛《しちべえ》も、越中の出身である。

越中では、海の彼方《かなた》に蜃気楼《しんきろう》が見えることがある。心気堂も、蜃気楼をもじって名付けたのだろう。

すでに国許の喜兵衛からの手紙も着いているに違いない。

喜助が訪《おとな》うと、すぐに五十年配の七兵衛が出てきた。

四

「おお、来たか。お前が喜助か。喜兵衛さんからの手紙も読んだ」

坊主頭で大兵肥満《だいひょうひまん》の七兵衛が笑顔で言い、喜助を招き入れてくれ、彼も気さくで良さそうな人で良かったと思った。

店は大戸を開いて暖簾《のれん》を出しているわけではないが、多くの医師や顧客と懇意《こんい》にして成り立っているのだろう。

中の棚には多くの薬種や薬草が並び、小皿や匙《さじ》、薬研《やげん》などが置かれて、国許の越中屋と似た匂いが感じられた。

座敷へ上がると、七兵衛が茶を入れてくれ、

「そろそろ来るかと思って、飯を多めに炊《た》いておいたんだ」

言いながら、厨《くりや》から山盛り飯と香々《こうこ》、干物などを順々に出して、一緒に食いはじめた。

「七兵衛さんは、お一人なのですか」

「ああ、女房のようなものもいたにはいたが、出ていってしまった。子もないの

で、いずれお前を養子にする。それとも、いずれ越中へ帰りたいか？」

「いえ」

「そうだろう。儂《わし》も江戸に出て三十年、もう帰りたくはない。江戸は面白いぞ」

七兵衛は、飯を掻っ込みながら言った。

やがて二人で腹を満たし、茶を飲んだ。

「どうだ。長旅で疲れたろう。寝るか。それとも風呂へ行くか」

「ええ、まだ大丈夫です」

「そうか、そういえば疲れた顔もしていないが、見かけによらず頑丈なんだな」

七兵衛は言い、茶を飲み干すと改まった顔つきになった。

「ならば、まず話がある。喜兵衛さんは元気そうだが、いくつになった？」

「いえ、知りません。七十過ぎぐらいかと……」

いきなり祖父の話になり、喜助は戸惑いながら答えた。

「とんでもない。もう百は越えているだろうさ」

「え……？」

「喜兵衛さんは、お前の爺さんではない。もっと先代だ」

「でも、ずいぶん元気に働いているけど……」

「それはな、仙界の竜骨を飲んだからなんだ。聞いているか。家伝の秘薬を」

「はい、実は……」

喜助は答え、お守り袋から油紙に包まれた、竜骨の書き付けを取り出した。

「私が江戸へ行くとき、爺さんが竜骨の一粒と、この書き付けをくれました。どうしても困ったときに飲めと」

彼は言い、板橋で破落戸たちに襲われた話をした。もちろん駒との情交だけは言わず、その他のことは全て打ち明けた。

「ふむ、死にかけて飲んだら急に元気になったか」

「ええ、刃物を持った破落戸の十何人を苦もなく叩きのめしました」

「そうか……。それが竜骨の最後の一粒だったのだな」

「仙界とは、どういうことでしょう」

喜助が聞くと、七兵衛は書き付けを開いて見せた。

「儂も飲んではいないが、話だけは聞いている。これだ」

言われて書き付けを見ると、そこには異様なものが描かれていた。

頭が大きく、吊り上がった大きな黒い目が二つ、鼻と口は小さく、身体も手足も細い異形の人の絵で、周囲には但し書きが添えられている。

身の丈《たけ》五寸（約十五センチ）、全身は薄い鼠色《ねずみいろ》で股間に一物や陰戸もない、と書かれていた。

「大昔、小さな金色の茶釜が空から降ってきたのをご先祖が見つけた。その中にこの生き物が入っていた」

「ずいぶん小さな人ですね。椀に乗って川を流れてきた、スクナビコナノミコトみたいな」

書物の好きな喜助は、神話を思い出して言った。

「ああ、仙界から来た人だろうとご先祖は思ったようだが、すでに死んでいた。そこで埋めて弔《とむら》い、せめて金色の茶釜でも金にしようと大切に取っておいたが、いつの間にか金色の糸くずに変じ、集めようとしたが一陣の風に吹き飛ばされて消えてしまったらしい」

「はあ……」

「そこで一年後、仙界の人の墓を掘り出すと、完全な骨となっていたので、竜骨として細かに砕いた」

七兵衛が言う。大昔から、当家は薬種に関わる生業《なりわい》をし、竜骨の知識も持っていたのだろう。

「試しに舐めてみると力が湧き、長生きするようになったので、家伝の秘薬として、いざというときのみ少量ずつ服用したようだ」

話では、家族全員に飲ませたわけではなく、当主一人で秘匿《ひとく》し、大切な跡取りや、土地の分限者《ぶげんしゃ》に重病人が出たときのみ使ったようだった。

越中屋が裕福だったのは、このせいだったのだろう。

「それが段々減ってゆき、最後の一粒を、喜兵衛さんは江戸へ発つお前に托《たく》したのだろう。どうやら他の子たちより、お前に目をかけていたようだな」

「そうですか……。それで、効き目はどれぐらい……？」

「ずっとだ。喜兵衛さんが百を超えて矍鑠《かくしゃく》としているのを見れば分かろう」

では、いったん吸収したからには永遠に効力が失われることはないらしい。

それだけ、仙界の人の骨は絶大な力を秘めていたのだろう。

「仙界とは、どんなところなのでしょう……」

「儂にも分からん。だが空から降ってきたのだから、この国のどこかにあるというよりは、空の果て、いずれかの星からやって来たのではないかと思う。寿命も力も、普通の人とは全く違う生き物の星だな」

「はあ……」

「確かに、相当な力を秘めているようだ。こうしてお前と話しているだけで、儂の肩の凝《こ》りや腰の痛みが和らいできた」

七兵衛が言う。

では、話すばかりでなく情交までしたので、海千山千の駒でさえも見栄も矜持《きょうじ》もかなぐり捨てて激しく気を遣ったのかも知れない。

「大っぴらにはしていないが、儂も喜兵衛さんからちらと聞いたことがある。越中屋の薬に仙界の竜骨を飲んだ当主の唾《つば》を混ぜると、万能の効力を発すると言われているが、どうやらわが心気堂も運が向いてきたようだ。唾だけじゃない。お前のゆばりも精汁も、きっと役に立つことだろう」

「うわ……」

「むろん、このことは儂とお前だけの秘密だ。なあに、全ての薬に混ぜるわけじゃなく、大切な客だけだ。病人が急に元気になっても、越中から家伝の秘薬をお前が持ってきたということにしよう」

「はあ……」

「この近くに、田代藩《たしろはん》の上屋敷がある。その家老が儂の碁《ご》仲間なのだが、末娘が虚弱で明日をも知れぬと言われている。まずそれを助けよう」

家老は、杉田新右衛門《すぎたしんえもん》といい、田代藩は常陸国《ひたちのくに》に陣屋敷を持つ一万石の大名ということだ。新右衛門の末娘は十八歳で、名は賀夜《かよ》。

「とにかく、今日にも大名屋敷へ行くのだからな、まず風呂へ行ってこい。ここを出て裏通りを抜ければすぐ分かる」

七兵衛は言い、自分の着物や、新品の下帯と襦袢、手拭《てぬぐ》いに糠袋《ぬかぶくろ》などを出して金までくれた。

「分かりました。では行ってきます」

喜助は言い、手甲脚絆を脱いで裏の盥《たらい》に浸け、草履《ぞうり》を借りて外に出た。家はごく普通の広さで、喜助が寝起きする部屋もあるようだ。

心気堂の脇から裏へ回り、界隈《かいわい》を見回すと、どうやらここらは商家と武家屋敷の境目あたりのようだ。

少し歩くとすぐ風呂屋があり、彼は暖簾をくぐって中に入った。

まだ昼過ぎで、職人たちは働いている頃合だから中は空いていた。

金を払って着物を脱ぎ、洗い場に行って湯を浴びた。そして身体を隅々まで擦ってから流し、柘榴口《ざくろぐち》をくぐって湯に浸かると、さすがに長旅の疲れが完全に癒《いや》されていった。

喜助と同じ湯に浸かった人も、仙薬の効き目が微量ながら移るかも知れない。

湯から上がると身体を拭き、七兵衛からもらった新品の下帯と襦袢を着け、着物を着て帯を結んだ。

洗い物は風呂敷に包み、さっぱりして風呂屋を出ると、彼は真っ直ぐ心気堂に戻った。

すると、まだ二十歳前らしい若い娘の客が来ているではないか。島田《しまだ》に結い、矢絣《やがすり》の着物をきっちり着こなして目鼻立ちの整った娘で、まず国許では見ることのない美形だった。

「これは茜《あかね》と言ってな、田代藩の上屋敷にいる女中だ」

「はあ、越中から出てきた喜助と申します」

喜助も、急いで風呂敷包みの洗い物を裏の盥に突っ込んでから、七兵衛の隣に座して挨拶《あいさつ》した。

「茜です。今も七兵衛さんにお話ししたのですが、いよいよ賀夜様の具合が悪いのです。玄庵《げんあん》先生も匙を投げ、今夜が山ということで」

茜が悲しげに眉をひそめて言う。玄庵とは掛かり付けの医師だろうが、どうやら手を尽くして引き上げたようだ。

「とにかく出向こう。お前の帰りを待っていたのだ」

「分かりました」

七兵衛が立ち上がって言い、喜助も彼の薬箱を持つと、茜と一緒に家を出た。

道々聞くと、賀夜は幼い頃から虚弱で寝たきり、ここ数日は何も口にせず、せいぜい唇を水で湿らせる程度で、死を待つばかりとなっているようだ。

茜もほとんど諦《あきら》めているが、それでも藁《わら》を摑む思いで心気堂に来たのだろう。

やがて一行は通りを抜けて武家屋敷の界隈へと行き、立派な門構えのある田代藩の屋敷に入っていった。

五

「これは越中から来た喜助といい、いずれ儂の跡を継ぐ者です。家伝の良薬を持って来ましたので」

中に入ると家老の新右衛門が出てきて、七兵衛が言った。

新右衛門も七兵衛と同年配で温厚な顔立ちをしているが、さすがに今は沈痛な面持《おもも》ちをしていた。

むろん家老も外に屋敷を持っているが、今は藩主も国許へ戻っているので、藩邸に住み込んでいるようだ。そして新右衛門が年中様子を見るため、賀夜も奥向きの部屋で横になっているらしい。

新右衛門の妻は、すでに亡いと聞いている。

茜には、七兵衛が風呂の仕度をするよう言いつけた。

「そうか、では早速頼む」

新右衛門に言われ、喜助は七兵衛と一緒に女たちの暮らす奥向きへと入っていった。

襖《ふすま》を開けて部屋に入ると、甘ったるい匂いが毒々しいほど濃厚に立ち籠め、髪を下ろした賀夜が横になっていた。顔は青ざめてひどく痩せ、乾いた唇が僅かに開いてか細い呼吸を繰り返している。

「では、喜助に任せましょう。越中一の英才と誉《ほま》れ高い男ですので」

「ああ、頼む」

ずいぶん喜助を持ち上げて言うと、七兵衛と新右衛門は引き上げてゆき、喜助一人賀夜の部屋に残った。彼は薬箱を置き、もちろん薬を出すこともなく賀夜《かが》の枕元に座して、その痛々しい顔に屈み込んだ。

やつれているが賀夜は美形だ。

武家娘に間近に接するのは初めてなので、喜助はいけないと思いつつ股間を熱くさせてしまった。

そして顔を迫らせ、乾いてひび割れた賀夜の唇に舌を這わせていった。

唾液を注ぐように垂らしながら、唇の内側から歯並びまで左右にたどり、賀夜のか細い息を嗅ぐと、やや濃く甘酸っぱい匂いが感じられた。

堪らず、彼は下帯の中でムクムクと激しく勃起してきた。

すると、長い睫毛《まつげ》を伏せていた賀夜が何度か瞬《また》き、そろそろと歯を開いてきたのである。

舌を侵入させ、乾いてざらつきのある舌を舐め回すと、彼の唾液で次第にヌラヌラと滑らかになっていった。

さらに執拗《しつよう》に舌をからめていると、賀夜の舌もオズオズと蠢き、いつしか自分からチロチロと舐めはじめたではないか。

そして喜助が唾液を注ぐたび、賀夜もコクンと喉を鳴らして飲み込んだ。

たちまちのうちに効能が現れたか、賀夜が目を開いたので、喜助もいったん顔を上げて彼女の目を覗き込んだ。

「ご気分は？　賀夜様」

「あなたは……？」

「心気堂の喜助。七兵衛の養子です」

答えると賀夜は自ら薄掛けを剝《は》ぎ、細い両手を伸ばして彼の頬に触れた。

「もう一度……」

病人とも思えぬ力で引き寄せられ、喜助は再び唇を重ねてネットリと舌をからめた。

「ンン……」

賀夜は熱く鼻を鳴らし、彼の舌にチュッと吸い付いた。

喜助も彼女の甘酸っぱい吐息に酔いしれながら舌を蠢かせ、手を握って指をからめた。

賀夜も何度か喜助の唾液を飲み込み、息遣いもごく普通になってきた。

正に霊験《れいげん》あらたかというべきか。みるみる顔色も血の気を甦《よみがえ》らせ、色艶《いろつや》が満ちていくようだった。

ようやく賀夜が両手を離し、身を起こそうとしてきたので、彼も口を離して支えながら半身を起こしてやった。

「ああ、なんて良い気持ち……」

賀夜が晴れやかな声と顔つきで言い、何度か腕を屈伸させた。

「今したことは、誰にも内緒にして下さいね。あくまで、私が持ってきた薬で回復したことに」

喜助が囁くと、彼女も素直に頷《うなず》いた。

そのとき彼は、襖の向こうに人の気配を感じ、いち早く立ち上がって迫った。

素早く襖を開けると、そこに四十ばかりの女が座っていた。

「あ、茜の母、朱里《しゆり》と申します。私の気配が分かるのですか」

朱里と名乗った女が言う。そういえば茜に似た顔立ちだった。

「今していたことをご覧でしたか」

「ええ……」

喜助が言うと、それどころではなく朱里は身を起こしている賀夜に目を丸くしていた。そしていきなり立ち上がり、彼女に近寄った。

「か、賀夜様。起きられるのですか……」

「ええ、喜助が介抱してくれ、すっかり良い気分です。それよりおなかが空きました」

「な、何と……」

朱里は絶句した。

それはそうだろう。今すぐにも命の灯が消えようとしていた賀夜が、はっきり喋《しゃべ》って顔色も一変しているのだ。

そうしている間にも賀夜は自分で立ち上がり、乱れた寝巻を調えながら手足の動きを確かめているではないか。

「朱里様、ご覧になったことは内密に。私の体液は特別に、人に大きな力を与えるものなのです」

「お、驚きました……。もちろん誰にも言いません。とにかくご家老にお知らせを……」

朱里が言って立ち上がり、忙《せわ》しなく部屋を出て行った。

喜助も賀夜に肩を貸し、もう片方の手に薬箱を持って朱里に続いた。

「さあ、歩けますか。もう大丈夫とは思いますが、まだまだ力を付けなければなりません」

「ええ、どうか一緒にいて下さいませ」

言うと、賀夜もほんのり頬を染めて答え、彼に寄り添って廊下を進んだ。

　すると、先に行った朱里から聞いたか、新右衛門が足音も騒々しく駆け寄ってきた。あとから七兵衛も駆けつけ、あらためて仙界の竜骨の効能に目を見張っていた。

「か、賀夜……。おお、何ということだ……」

　新右衛門が声を震わせて言い、目を潤ませた。

　そして賀夜の肩に手をかけ、すっかり良くなった顔色を見ては、信じられないという風に喜助を見た。

「秘薬が効果覿面《てきめん》だったようで、ようございました」

　新右衛門がなおも何か言いかけたが、それを七兵衛が遮《さえぎ》った。

「そ、それにしても……」

「ああ、とにかく飯と風呂だ」

　言うと、目を丸くしてこちらへ向かっていた茜が、朱里と一緒に急いで厨の方へと行った。

（あの母娘《おやこ》……、只者じゃないな……）

　喜助は思った。何やら、駒と似た雰囲気を感じるので、あるいは田代藩に代々仕えている素破ではないだろうか。

やがて茜をはじめ、屋敷内の女たちが大童《おおわらわ》で賀夜の食事を用意した。

何年も伏せっていた賀夜は、早く風呂に入りたいだろうが、まずは少しでも栄養を付けなければならない。

柔らかな煮物と粥《かゆ》だが、それを賀夜は美味《おい》しそうに完食した。

そんな様子を、朱里と茜の母娘や新右衛門が息を呑んで見守っていた。

「ひ、秘薬というのは……」

「ああ、高麗人参《こうらいにんじん》に、越中の国許で採《と》れる特別な薬草を混ぜたものです。まだ江戸にはないものだが、これからは喜助がいるので大丈夫」

新右衛門の問いに、七兵衛が自信満々に答えていた。もう七兵衛も喜助の力を確信していた。

そして賀夜は茶を飲むと、朱里が湯殿へと付き添っていった。

その間、新右衛門と七兵衛は、祝いの一杯をはじめた。まだ戸惑いが隠せない新右衛門も、あまりに七兵衛の自信満々な様子に、徐々に心から安堵《あんど》しはじめたようだ。

「これでは、玄庵先生も形無しだな」

「なあに、薬ばかりは合う合わないがあるので、それが見事に当たったのだな」

　二人が笑みを浮かべて話し合っていると、喜助は茜にそっと呼ばれて厨の隅へ行った。

「母の気配を察するとは、あなた何者です。身を隠す暇もなかったと母が」

　茜が油断のない、きつい眼差《まなざ》しでじっと喜助を見て言い、彼も、やはり母娘は素破なのだと確信したのだった。

第二章　お嬢様の淫らな恋心

一

「あなたがた母娘《おやこ》は、素破《すっぱ》ですね」

「なに……」

喜助が言うと、茜が眉を険《けわ》しくさせて迫った。

なるほど、朱里も相当な雰囲気を持っていたが、この娘も数々の技を秘めた手練《てだ》れなのだろう。

「田代藩に仕える素破なら、口も固いでしょう。お話しします。朱里さんも私が賀夜様にどんな手当てをしたかご覧でしたので」

「こちらへ」

喜助が言うと茜も、いったん矛《ほこ》を収めたように言って自分の部屋に彼を招き入れた。

　賀夜も、しばらくは朱里と湯殿から出てこないだろう。何しろ何年かぶりの風呂で、髪から全身隅々まで洗い流しているのだ。

　喜助は茜と差し向かいに座り、江戸へ出てきてからのこと全てを話した。

　素破には、嘘は通じないだろうし、何しろ賀夜の急激な回復に言い訳など作りようもない。

　もちろん仙界の竜骨のことも話した。何しろ、もう一粒も残っていないのだから奪い合いになるような心配もないのだ。

「そう。殺されそうになって秘薬を飲んだら、急に強くなって盗賊や破落戸《ごろつき》たちを……」

　茜も熱心に耳を傾け、言いながら小さく頷《うなず》いた。

「仙界のものなら、そうしたことも起こるのかも……」

　賀夜の奇跡的な回復を目《ま》の当たりにしたのだから、茜もそう納得するしかないようだった。

「それで、女頭目というのは……？」

「ええ、普段は子連れでどこぞの大店《おおだな》の妾《めかけ》に納まり、名はお駒」

「なに、お駒……！」

その名を聞き、茜が再び迫力を持って身構えた。

「知っているのですか」

「ええ……」

茜は唇を噛んだ。

朱里を慕《した》っていた同郷の下男、竹松《たけまつ》が駒に刺され、苦しむ彼にとどめを刺したのは茜なのだ（前作「あかね淫法帖・片恋の果てに」参照）。

「それで、そのお駒と情交を……？」

茜の真剣な眼差《まなざ》しに射すくめられ、また喜助は嘘がつけなかった。

「ええ。私も初めてなので、欲を抑えられず」

「そう……。唾《つば》や精汁に効き目があるのなら、ではお駒も僅《わず》かながら力を宿したかも……」

茜は言い、ようやく目を伏せた。

しかし、その瞬間彼女の鉄拳が勢いよく喜助の鼻柱に飛んできたのだ。

それを喜助は身じろぎもせず、素早く彼女の拳を握っていた。

「あ……」

「もっと続けますか」

「い、いや、あなたから悪い気は感じられない。試してごめんなさい……」

茜は毒気を抜かれたように答え、拳《こぶし》を降ろした。

そして彼女は意を決したように目を上げた。

「私も、口を舐めていいですか」

言われて、もちろん喜助も頷いていた。

すると彼女は立て膝でにじり寄り、喜助の頬を両手で挟み、じっと見つめながら顔を寄せてきた。

ピッタリと唇が重なり合うと、可憐《かれん》な顔が近々と迫った。

熱い息を嗅《か》ぐと彼の鼻腔《びこう》が心地よく湿ったが、特に匂いはない。やはり素破は匂いを消す術も心得ているのかも知れない。

すぐにも茜の舌がチロリと潜り込み、彼も歯を開いて受け入れた。

生温かな唾液に濡れ、滑《なめ》らかに蠢《うごめ》く舌を舐め回すと、茜も執拗《しつよう》に舌をからめ、彼の唾液を吸い取りながら何度かコクンと喉を鳴らした。

喜助も殊更《ことさら》多めに唾液を送り込むと、興奮に痛いほど股間が突っ張ってきてしまった。

それにしても江戸へ来てから、良いことばかりだ。

妖艶《ようえん》な駒を相手に初の情交をし、家老のお嬢様と口吸いをし、さらに可憐な素破の娘とこうして舌をからめているのである。

やはり思い切って出てきた良かったのだ。

もちろん江戸が年中こうしたことの起きる場所というわけではなく、全ては仙界の竜骨と、それを与えてくれた喜兵衛のおかげである。

無尽蔵《むじんぞう》に出てくる唾液を薬草に混ぜるだけで、七兵衛の言う通り今後の心気堂は安泰だろう。

長く舌をからめていた茜が、ようやく舌を引っ込め、顔を引き離した。

唾液が糸を引き、彼女が唇を舐めると切れた。

「ああ、確かに、力が湧いてくる気がする。それに、すごくしたくなった……」

茜が顔を寄せたまま囁《ささや》くと、口から洩れる息は、賀夜に似た淡い果実臭が感じられた。

どうやら喜助の唾液には、媚薬《びやく》の効果もあるようだ。

だから駒も、彼に接しているだけで淫気を催《もよお》し、賀夜も熱っぽい眼差しを彼に向けるようになったのだろう。

「でも、賀夜様が間もなく風呂から上がるだろうし、一晩あなたを離さないと思う……」

茜が言う。

賀夜もそれを求めるだろうし、喜助も介護の名目があるから、誰憚《はばか》ることなく寝所で過ごすことが出来るだろう。まだまだ賀夜も回復したばかりで、今後の治療も必要だと誰もが思っているに違いない。

「じゃ、せめて気を遣《や》るまで舐めて差し上げます」

喜助も勃起しながら言うと、茜は頬を紅潮させて、すぐにもその気になったようだ。

「本当……？」

「ええ、顔に跨《また》がって下さい」

茜が訊《き》くので、彼は仰向けになって答えた。

すると茜も立ち上がり、ためらいなく彼の顔に跨がってきたのだ。裾《すそ》の巻き起こす生ぬるい風を顔に受けると、茜も遠慮なく裾をからげ、厠《かわや》に入ったようにしゃがみ込んでくれた。

やはり素破で、羞恥心よりも自身の欲望に忠実なようだ。

白い内腿がムッチリと張り詰め、彼の鼻先に陰戸《ほと》が迫ってきた。

見上げると、ぷっくりした丘に楚々《そそ》と若草が煙り、丸みを帯びた割れ目からは薄桃色の花びらがはみ出していた。

もちろん、まだ生娘《きむすめ》ということはないだろうが、やはり熟れた駒とは違い初々《ういうい》しい眺めである。

しかし指で陰唇を広げると、中は思っていた以上に大量の蜜汁が溢《あふ》れ、今にもトロリと滴《したた》りそうなほど熱く潤《うるお》っていた。

花弁状に襞の入り組む膣口が艶《なま》めかしく息づき、ポツンとした小さな尿口の小穴もはっきり見えた。そして包皮の下からは、光沢あるオサネがツンと突き立っている。

それは小豆《あずき》ほどの大きさもなく、今初めて彼は、駒のオサネが特別大きいものだということが分かった。

腰を抱き寄せ、若草の丘に鼻を埋《うず》め込むと、やはり蒸《む》れた汗とゆばりの匂いが沁み付いて鼻腔が刺激された。吐息の匂いは控えめだが、股間は駒と同じぐらいムレムレで、彼は激しく興奮を高めた。

胸を満たしながら舌を這わせ、陰唇の内側に差し入れて膣口をクチュクチュ探ると、淡い酸味を含んだヌメリが溢れてきた。

膣口からオサネまで舐め上げていくと、

「アアッ……、いい気持ち……」

茜が熱く喘《あえ》ぎ、キュッと股間を彼の鼻と口に押しつけてきた。

喜助は味と匂いを堪能してから、尻の真下に潜り込んだ。

谷間にひっそり閉じられた肛門は、駒のように突き出た感じではなく、あくまで可憐な桃色の蕾《つぼみ》だった。

鼻を埋め、顔中に弾力ある双丘を受け止めながら嗅ぐと、秘めやかに蒸れた匂いが鼻腔を掻き回した。

熱気で充分に胸を満たしてから舌を這わせ、ヌルッと潜り込ませて滑らかな粘膜を探ると、

「く……。そこは、いいから……」

茜が呻《うめ》き、肛門で舌先を締め付けてきた。

やがて喜助は中で舌を蠢かせてから、再び陰戸に戻って大量の蜜汁をすすり、オサネに吸い付いていった。

「あう、そこ……」

茜が言い、オサネばかり集中的に彼の口に押しつけ、しゃがみ込んでいられなくなったように両膝を突いた。

喜助も執拗にチロチロと舌先でオサネを弾き、匂いに噎《む》せ返りながら溢れる淫水を顎《あご》に受け止めると、それは生ぬるく首筋を伝い流れた。

「い、いく……。アアーッ……!」

舐めていると、たちまち茜が声を上ずらせ、彼の顔の上でガクガクと狂おしい痙攣《けいれん》を開始した。どうやら気を遣ってしまったようで、蜜汁がトロトロと溢れ、彼女の全身がヒクヒクと震えた。

「も、もういい……」

やがて過敏になったように茜が言うなり、ビクッと股間を引き離すと、そのまま横になって身体を縮めてしまった。

喜助も残り香の中で身を起こし、自分の淫気は懸命に抑えながら、茜が平静に戻るのを待ったのだった。

二

「本当に、信じられないが、心から感謝する。お礼はあらためて後日」

夕餉《ゆうげ》の席で、新右衛門が何度も七兵衛と喜助に頭を下げて言った。

風呂上がりの賀夜も一緒に席に着き、粥《かゆ》ではなく鯛《たい》の塩焼きや飯を口にしていた。さっきは病後初めての食事で少量食べただけだから、今こそ普通の夕餉を楽しんでいるようだ。

そして僅かの間に、痩せ細っていた賀夜の顔や身体も徐々に丸みを帯びてきたのである。

「まあ、まだ急変するといけないので、念のため今宵《こよい》は喜助を置いてゆきます。では、充分ご馳走《ちそう》になったので儂《わし》はこれにて」

そう言い、酒で上機嫌になった七兵衛は名残惜《なごりお》しげに切り上げ、先に帰っていった。

もうすっかり日も傾き、喜助は生まれて初めての豪華な料理を堪能した。

そして日が落ち、暮れ六つの鐘《かね》の音が聞こえてくると、女たちが後片付けをして賀夜も寝所に引き上げた。

「賀夜のたっての願いなので、どうか今宵は付いていてやってほしい」

新右衛門が喜助に言う。

元より、何事もないと喜助を信用しきっているのか、あるいは賀夜が望むなら命の恩人だから何があっても良いと思っているのかも知れない。

「はい、では」

喜助も立ち上がり、茜に案内されて奥向きへと行った。彼は食事だけで、酒は飲んでいない。国許にいる頃から、まず末弟などは酒が飲める身分ではなかったのだ。

「もう信用していますので、母も私も覗《のぞ》くようなことはしません」

茜が、ほんのり頬を染めて囁く。さっきの快感の余韻があり、今度は是非最後までしたいと思っているのだろう。

喜助も頷き、今後への期待に胸と股間を膨《ふく》らませながら、賀夜の寝所へと入ると茜は引き上げていった。

寝所には二箇所の行燈《あんどん》が点《つ》き、それでも暗いが、充分に夜目が利くので観察に差《さ》し障《さわ》りはない。

「ああ、早く来て……」

賀夜が寝巻姿で半身を起こして言う。まだ髪は下ろしたままで、布団は替えたようだが室内の甘ったるい匂いはそのままだった。

喜助も近づき、一応医者のように診《み》るふりをした。

「どこも痛みませんか」

「ええ、嘘のように力が湧いて元気です」

「それでも、お身体の方を拝見したいのですが」

興奮を抑えて言うと、賀夜も頷いて帯を解き放ち、寝巻を脱いでいった。

そしてためらいなく一糸《いっし》まとわぬ姿になると、布団に仰向けになって身を投げ出した。

喜助はにじり寄り、無垢《むく》な肢体を見回した。

もう頬がこけた感じは残っておらず、手足は細いが健《すこ》やかな躍動が感じられ、小ぶりだが胸の張りも認められた。

乳首も乳輪も初々しい薄桃色で、あばらが浮いている様子もなく、脚もスラリと伸びている。股間の翳《かげ》りは、茜よりも淡く、ほんのひとつまみほど恥ずかしげに煙っているだけだった。

「触れますよ」

言って手を伸ばし、そっと乳房を揉《も》み、指の腹で乳首をクリクリといじった。

「アア……、いい気持ち……」

賀夜がうっとりと喘ぎ、クネクネと身悶《みもだ》えはじめた。

どうやら何をしても拒《こば》まず、受け入れてくれるようだ。

「ね、お願い、喜助さんも脱いで。私だけでは恥ずかしいので……」

賀夜が大胆にせがみ、彼もいったん手を離して帯を解いていった。

もちろん最後までしないではいられないほど、彼の淫気も満々になっている。

ましてさっきは茜の陰戸を舐めて気を遣らせ、その味と匂いでまだ興奮がくすぶっているのだ。

着物を脱ぎ下帯《したおび》まで取り去ると、あらためて彼は全裸で賀夜に迫っていった。

屈《かが》み込んで乳首に吸い付き、舌で転がすと、

「あう……、もっと強く……」

賀夜が呻き、両手で喜助の顔を胸に押しつけてきた。

湯上がりの匂いに、ほんのり彼女本来の体臭が甘く感じられた。

彼が左右の乳首を交互に含んでチロチロと舐め回し、顔中で膨らみを味わうと

賀夜はくすぐったそうに腰をよじらせ、少しもじっとしていられないように悶え続けた。

両の乳首を味わい尽くし、彼女の腕を差し上げて腋《わき》の下に鼻を埋めると、和毛《にこげ》は生ぬるく湿り、甘い匂いが鼻腔に広がった。

入浴前の匂いを嗅いでみたかったが、拭き清めてはいたとしても何年も湯に浸かっていなかったのだから、いかに美女でも抵抗ある匂いだったかも知れない。

この分では、足指にも蒸れた匂いは残っていないだろうから、彼は賀夜を大股開きにさせ、腹這いになって股間に顔を寄せていった。

白くムッチリした内腿を舐め上げ、中心部に目を凝《こ》らした。

恥毛は薄く、生娘の割れ目は縦線が一本あるだけだった。

そっと指を当てて左右に広げると、内側に小ぶりな花びらがあり、さらに奥に無垢な膣口が閉じられていた。

それでも、舌をからめたときの彼の唾液効果で、すでに柔肉はヌラヌラと熱い蜜汁に潤っていた。

包皮の下から僅かに顔を覗かせたオサネは、茜よりもさらに小粒である。

堪《たま》らずに喜助は顔を押しつけていった。

若草に鼻を埋めて淡く蒸れた匂いを味わいながら、舌を挿《さ》し入れていくと、膣口の収縮が伝わってきた。

襞を探り、清らかなヌメリを味わいながら小粒のオサネまで舐め上げると、

「アアッ……、何ていい気持ち……」

賀夜が喘ぎ、内腿でキュッと彼の顔を挟み付けてきた。

やはりお嬢様育ちだから、素破の茜と同じく羞恥などはあまり感じず、心地よさだけを受け止めているようだ。

小粒でも相当に感じるようで、チロチロと舐めると彼女の内腿に力が入り、白い下腹をヒクヒク波打たせながら息遣《いきづか》いが激しくなっていった。

茜のオサネを舐めたとき分かったことだが、どうも女というのは様々に動かすより、オサネ一点に集中して、ひたすら同じ動きを繰り返す方が気を遣りやすいらしい。

だから喜助も、舌先で小さな円を描くようにオサネを舐め続けると、いくらも経たないうち賀夜の全身がガクガクと痙攣してきたのだ。

「アア、何だか、変……。気持ちいいわ、ああーッ……！」

賀夜は朦朧《もうろう》としながら口走り、大量の淫水を漏らして激しく反り返った。

どうやら気を遣ったらしい。

今まで多少は自分でいじることもあっただろうが、これほどはっきりした絶頂は初めてのようだ。

「も、もう駄目……」

とことん快感を嚙み締めると、賀夜が嫌々をして言ったので、喜助も舌を引っ込めて股間から顔を上げた。

すると賀夜も横向きになって身体を丸め、彼の方に尻が突き出された。

喜助は屈み込み、指でムッチリと双丘を広げて迫った。

やはり薄桃色の蕾は、茜のように可憐なものだった。

鼻を埋めても匂いはなく、舌で細かな襞を舐めて濡らし、ヌルッと浅く潜り込ませた。

「あう……」

賀夜が小さく呻いて肛門を締め付けたが、今はまだ気を遣った余韻の方が大きいようで、それほどの反応はなかった。

やがて喜助は賀夜の前も後ろも存分に味わってから、添い寝して腕枕してやりながら彼女の呼吸が整うのを待った。

ようやく賀夜がこちらを向き、彼の胸に顔を押しつけてきた。

「気持ち良かったわ、とっても。溶けてしまいそうなほど……」

賀夜が熱い息で囁き、喜助は彼女の手を握って強《こわ》ばりに導いた。

彼女もそっと触れ、徐々に好奇心を露《あら》わにしたように手のひらに包み込み、ニギニギと幹を愛撫してくれた。

「ああ、気持ちいい……」

喜助が喘ぎ、幹をヒクつかせると賀夜も愛撫を繰り返し、

「近くで見たいわ……」

言って身を起こしてきた。彼も仰向けの受け身体勢になって股を開くと、賀夜は真ん中に腹這い、白い顔を寄せてきたのだった。

三

「これが男のもの……。何とおかしな形……」

賀夜が熱い眼差しを一物《いちもつ》に注いで呟《つぶや》くと、喜助は無垢な視線と息を感じてヒクヒクと幹を上下させた。

彼女も恐る恐る幹を撫《な》で上げ、張り詰めた亀頭をいじり、ふぐりにも指を這わせてきた。

「あう、そこはそっと……」

コリコリと睾丸《こうがん》を転がされ、急所だけに彼は息を詰めて言った。

そして賀夜は袋をつまみ上げ、肛門の方まで覗き込んでから、再び一物に戻ってきた。

「先っぽが濡れてます」

「ええ、それは精汁じゃなく、賀夜様が濡れたのと似たようなものです」

「何やら、唾より効き目がありそうな……」

言うなり、賀夜は自分から口を迫らせ、舌を伸ばしてチロリと濡れた鈴口《すずぐち》を舐めてくれた。

「あう……」

喜助はビクリと反応して呻いた。

「アア、力が湧いてくる……」

賀夜は言いながら、なおもチロチロと先端をしゃぶり、張り詰めた亀頭もくわえてきた。さらに深く呑み込んで吸い付き、口の中ではクチュクチュと舌が蠢いてからみついた。

「ああ、気持ちいい……」

喜助は無垢な口に含まれて喘ぎ、唾液にまみれた幹を震わせた。

彼がズンズンと股間を突き上げはじめると、

「ンン……」

喉の奥を突かれた賀夜が小さく呻き、新たな唾液を溢れさせながら、自分も小刻みに顔を上下させてくれた。濡れた口にスポスポと摩擦され、たまに触れる歯も新鮮な快感をもたらした。

たちまち彼は、ジワジワと絶頂を迫らせた。このまま口に出したいという誘惑にかられ、精汁は唾液以上の効果があるだろうが、やはり喜助も無垢な彼女と一つになりたいと思った。

すると、口が疲れたように賀夜がチュパッと口を引き離した。

「ね、情交して下さいませ……」

彼女も同じ気持ちだったように言い、再び添い寝してきたのだ。

喜助も入れ替わりに身を起こし、賀夜の股を開いて股間を進めた。

人生で二度目の交接だ。しかも昨日は妖艶な大年増《おおどしま》と、そして今日は生娘のお嬢様が相手である。

彼は幹に指を添え、唾液に濡れた先端を蜜汁の溢れる陰戸に擦《こす》りつけながら位置を定めていった。

本手《ほんて》（正常位）は初めてだが、さして迷うことなく、彼はズブリと潜り込ませていった。張り詰めた亀頭が無垢な膣口を丸く押し広げて入ると、あとはヌルヌルッと滑らかに根元まで嵌《は》まり込んだ。

「あう……」

賀夜は僅かに眉をひそめて呻いたが、すでに彼の力を宿しているためか、破瓜《はか》の痛みは僅かで、それ以上に男と一つになった悦《よろこ》びが大きいようだった。

元より長く寝たきりだった彼女は、嫁にも行かれず情交など夢のまた夢と思っていたことだろう。

きつい締め付けだったが潤いが充分なので、彼も股間を密着させながら摩擦快感と温もりを味わい、脚を伸ばして身を重ねていった。

「アア、嬉《うれ》しい……」

賀夜が言い、下から両手で激しくしがみついてきた。

喜助の胸の下で乳房が押し潰《つぶ》れて心地よく弾み、彼は賀夜の肩に腕を回して肌を密着させた。

　じっとしていても息づくような収縮が一物を刺激し、彼は高まりながら唇を重ね、念入りに舌をからめた。

　滑らかに蠢く舌を味わい、やがて彼が様子を見ながら徐々に腰を動かしはじめると、

「ああ……。奥が、熱いわ……」

　賀夜は口を離して喘いだ。

「痛くないですか」

「最初だけ。今はすごく心地よいです……」

　囁くと、彼女が潤いと締め付けを増して答えた。

　ならば大丈夫だろう。それに彼も、いったん動くと快感で腰が止まらなくなっていた。次第に調子をつけて動きはじめると、溢れる蜜汁で律動が滑らかになってきた。

　すると賀夜もしがみつきながら、下からズンズンと股間を突き上げ、熱い息遣いを繰り返した。

　喜助が喘ぐ口に鼻を押しつけて息を嗅ぐと、濃厚に甘酸っぱい果実臭が鼻腔を

刺激し、もう気遣いも忘れ股間をぶつけるほどに激しく動いてしまった。

たちまち絶頂が迫ったが、どうせ生娘相手だから長引かせることもないと、喜助は遠慮なく昇り詰めた。

駒とした茶臼《ちゃうす》（女上位）は、されるままだったが、自分が上になると動きが自在に出来、好きなときに絶頂が迎えられることを学んだ思いだった。

「い、いく……！」

大きな絶頂の快感に口走り、彼はドクンドクンとありったけの熱い精汁を勢いよく注入した。

「あ、熱いわ……。いい気持ち……。アアーッ……！」

すると噴出を感じた賀夜が声を上ずらせ、彼を乗せたままガクガクと狂おしく腰を跳ね上げはじめたのだ。

どうやら彼の気を吸収し、初回から気を遣ってしまったようだ。

喜助は締め付けの増す膣内で心ゆくまで快感を味わい、最後の一滴まで出し尽くしていった。

徐々に腰の動きを弱めていくと、彼女も肌の強ばりを解いていった。

そして完全に動きを止めると、

「ああ……」

賀夜も満足げに声を洩らして両手を離し、身を投げ出していった。

まだ膣内は異物を味わうようにキュッキュッと締まり、刺激された一物が中でヒクヒクと過敏に震えた。

「ああ、まだ動いているわ……」

賀夜が熱く息を震わせて言い、彼は湿り気ある果実臭の吐息で鼻腔を満たしながら、うっとりと余韻を味わった。

あまり長く乗っているのも悪いので、やがて喜助はそろそろと身を起こし、股間を引き離していった。

「あう……」

抜けるとき賀夜が小さく呻き、彼が陰戸を覗き込むと、全く出血は認められず、割れ目が満足げに息づいていた。

喜助は懐紙《かいし》を手にし、膣口から逆流する精汁をそっと拭《ぬぐ》ってやり、自分の一物も始末した。

「湯殿へ行きますか」

「いえ。今は洗いたくないので、このまま寝ます……」

囁くと賀夜が答え、実際身も心も満たされて眠そうだった。長く寝たきりだったが、いま初めて健やかな眠りに落ちようとしているのだろう。

喜助は自分だけ手早く着物を着け、賀夜に寝巻を着せようとした。

するとそのとき、

「失礼します」

朱里の声がし、襖《ふすま》が開いて彼女が入って来た。

「あとは私が」

朱里が言って賀夜に寝巻を着せはじめた。覗かないと言っていたが、終わる頃合を察して入ってきたのだろう。してみると、朱里も彼と賀夜の情交は承知の上だったらしい。

「ではお願いします」

「お部屋は茜がご案内しますので」

喜助が立ち上がると、朱里も彼に頷きかけて言った。その目は、茜から全て聞きましたと言っているようだ。

やがて喜助が寝所を出ると、すぐに寝巻姿の茜が現れ、彼を案内してくれた。

「こちらへ」

言われて喜助は、床の敷き延べられている一室に入った。

もちろん一回の射精で気が済むはずもなく、しかも今は絶大な力を秘めているから、彼はすぐにも回復していた。

すると茜も、出てゆかず部屋に残ったのだ。

「構いませんか」

「もちろん」

頬を染めて言う茜に答え、喜助がすぐまた着物を脱ぎはじめると、彼女も寝巻を脱いでくれたのだった。

四

「ああ、男と女の匂いが混じっている……」

全裸で仰向けになった喜助の股間に、やはり一糸まとわぬ姿になった茜が屈み込んで言った。

彼も大股開きになって、淫気に目を輝かせている茜に身を任せた。

そして茜は、ピンピンに張り詰めた亀頭にしゃぶり付き、まだ残っている淫水と精汁のヌメリを貪《むさぼ》りはじめた。

舌をからめ、上気した頬をすぼめて吸い付き、熱い息を股間に籠もらせた。

「ああ、こっちを跨いで……」

喜助は快感に喘ぎながら言い、彼女の下半身を求めた。

すると茜も、含んだまま身を反転させて彼の顔に跨がってくれた。

陰戸はヌラヌラと大量の淫水に潤っているが、顔を埋めると残念ながら湯上がりの匂いしかせず、さっきのような濃厚な刺激は籠もっていないのが少々物足りなかった。

それでも彼がヌメリをすすってオサネを舐め回すと、

「ンン……」

茜が呻き、熱い鼻息でふぐりをくすぐりながら、チュッと吸引を強めた。

互いに最も感じる部分を舐め合い、彼も股間を突き上げながら充分すぎるほど高まった。

やがて茜がスポンと口を離し、彼の顔から股間を引き離しながら向き直った。

「入れていいですか」

「跨いで上から入れて下さい」

茜が言うので、彼は仰向けのまま答えた。

すると彼女もすぐに身を起こしてヒラリと跨がり、先端に濡れた陰戸を押しつけてきた。

自ら指で陰唇を広げて腰を沈めると、彼自身はヌルヌルッと一気に根元まで呑み込まれていった。

「アア……、すごい……」

股間を密着させた茜が顔を仰《の》け反《ぞ》らせて熱く喘ぎ、キュッときつく締め上げてきた。喜助が温もりと感触を味わいながら、両手を伸ばして抱き寄せると彼女も身を重ねた。

彼は潜り込むようにして桜色の乳首を含み、舌で転がしながら顔中で膨らみを味わった。

さすがに病後の賀夜より張りがあり、喜助は左右の乳首を順々に含んで舐め回し、腋の下にも鼻を埋め込んで嗅いだ。しかし和毛は僅かに湿っているだけで、汗の匂いなどは感じられなかった。

やがて茜が腰を動かしはじめると、何とも心地よい摩擦と収縮が彼を包み込んで高まらせた。

生娘の賀夜より締め付けがきついのは、あるいは鍛錬により自在に緩急《かんきゅう》が付けられるのかも知れない。しかも締まりの良さだけでなく、襞の蠢きが一物を奥へ奥へと吸い込むようだ。

春本《しゅんぽん》に書かれていた名器の数々、蛸壺《たこつぼ》や巾着《きんちゃく》、数の子天井や蚯蚓《みみず》千匹など、全ての蠢きが出来るのではないだろうか。

茜が上からピッタリと唇を重ねてきたので、彼も熱い息で鼻腔を湿らせながらネットリと舌をからめた。自分の体液が強精剤になるばかりでなく、女の唾液も彼の興奮を激しく高めるようだ。

喜助は両手を回し、膝を立てて茜の尻を支えながらズンズンと股間を突き上げはじめた。

「アア……、いい気持ち……」

茜が口を離して喘ぎ、潤いが格段に増してきた。

「唾を出して……」

下から言うと、彼女も懸命に分泌させながらすぼめた唇を寄せ、白っぽく小泡の多い唾液をトロトロと吐き出してくれた。

喜助は舌に受けて味わい、生温かな唾液でうっとりと喉を潤すと甘美な悦びが胸に広がっていた。

喘ぐ口に鼻を押し込んで嗅ぐと、甘酸っぱい匂いは賀夜に似ているが、茜の息はさらに野山の野趣溢れる香りが含まれているようだった。

「い、いきそう……」

茜が息を弾ませて言い、動きを速めてきた。

クチュクチュと湿った摩擦音が響き、溢れた淫水が彼の尻の方にまで生温かく伝い流れて布団に沁み込んでいった。

喜助も激しく高まったが、それより先に茜がガクガクと痙攣しはじめた。

話に聞いたところによれば、素破は常に油断なく身構えているので、まず情交の時も気を遣らないということだったが、今の茜は完全に我を忘れて絶頂を迎えてしまったようだ。

「い、いく……。アアーッ……！」

茜が喘ぎ、激しく身悶えると同時に、彼も激しく昇り詰めてしまった。

「く……、気持ちいい……」

喜助は快感に口走り、ありったけの精汁をドクンドクンと勢いよくほとばしらせた。

「あう、もっと……！」

奥深い部分を直撃された茜が、駄目押しの快感を得て呻き、精汁を飲み込むように膣内をキュッキュッと収縮させた。まるで神秘の力を秘めた精汁を、貪欲《どんよく》に吸収しているようだった。

喜助は快感を味わい、心置きなく最後の一滴まで出し尽くしていった。

賀夜の場合は自分が上になり、無垢な彼女に手ほどきする形だったが、こうして受け身になる方がやはり自分には合っているような気がする。

「ああ……、良かった……」

彼が突き上げを止《や》めると、茜も言いながら肌の硬直を解いてグッタリともたれかかってきた。

なおも膣内が締まり、彼もヒクヒクと過敏に幹を跳ね上げた。

そして温もりと重みを感じ、茜の甘酸っぱい吐息を胸いっぱいに嗅ぎながら、彼は快感の余韻を噛み締めたのだった。

「本当に、何やら力が湧いてくるような……」

茜が、重なったまま呟き、余りを吸い込むように膣内を締め付けた。

やがて互いの呼吸が整うと、ようやく茜が身を起こし、そろそろと股間を引き離していった。

そして彼女は自分で懐紙を手にし、陰戸を拭いながら屈み込み、なおも貪欲に濡れた亀頭にしゃぶり付いてきたのだ。

「あう……」

喜助は呻いたが、すでに過敏な時は過ぎ、新たな快感が芽生えはじめていた。それでなくても絶大な力が宿っているので、たちまち彼自身は茜の口の中で、生温かな唾液にまみれながらムクムクと回復してゆき、完全に元の硬さと大きさを取り戻してしまったのだった。

彼の勃起を悦ぶように、茜も息を熱く籠もらせながら念入りに舌をからませ、顔を上下させスポスポと強烈な摩擦を開始した。

どうやら、もう挿入されるのは充分らしく、このまま口で果てさせて受け入れる勢いである。

それならと、喜助もズンズンと股間を突き上げ、絶頂に向かって勢いをつけはじめてしまった。

股間を見れば、茜が頬をすぼめて吸い、チュパチュパと淫らに音を立てて貪っている。実際は手練れの素破なのだろうが、見た目は可憐な娘で、たちまち彼は高まった。

「い、いく……。アアッ、気持ちいい……！」

喜助は二度目の絶頂に貫かれて喘ぎ、まだこんなに残っていたかと思えるほど大量の精汁を、ドクンドクンと勢いよくほとばしらせてしまった。

「ク……、ンン……」

喉の奥を直撃され、茜は小さく呻きながらも噴出を受け止め、なおも吸引と摩擦、舌の蠢きを続行してくれた。

何という快感であろうか。しかも美しい娘の清らかな口を汚《けが》すという禁断の快感も相まって、彼は腰をよじりながら最後の一滴まで遠慮なく出し尽くしてしまった。

喜助はすっかり満足しながら突き上げを止め、グッタリと身を投げ出すと、茜も動きを止め、亀頭を含んだまま口に溜まった精汁をゴクリと飲み込んでくれたのだ。

「く……」

喉が鳴ると同時に口腔がキュッと締まり、その駄目押しの快感と、飲んでくれたという感激に彼は呻いた。

ようやく茜も口を離し、余りを絞るように幹を指でしごき、鈴口に膨らむ白濁《はくだく》の雫《しずく》までペロペロと丁寧に舐め取ってくれたのだった。

「あうう、も、もういい……」

喜助が腰をよじりながら呻くと、彼女も舌を引っ込めて顔を上げた。

そしてチロリと唇を舐め、

「じゃ、おやすみなさいませ」

手早く寝巻を着て言い、彼に布団を掛けると行燈を消し、茜は静かに立ち去っていったのだった。

五

「いやあ、まだ信じられん。賀夜がしっかり朝餉を取り、今は元気に庭を散歩している」

朝、家老の新右衛門が来て喜助に言った。喜助も、朝餉を終えてそろそろ引き上げようとしていたところである。

「そうですか、本当に良かったです」

「ああ、やつれた様子が消え失せ、何やら一夜で肉づきも良くなってきたようだが、家伝の秘薬というのはすごいものなのだなあ」

「薬は、本当に合う合わないがありますが、お嬢様には良く効いたようです」

「今までは諦《あきら》めていたが、こうなったら嫁入りのことも考えねばならん」

新右衛門は本当に嬉しそうだ。

「では、私はこれにて失礼しますが、また何かあればいつでも参りますので」

「ああ、七兵衛にもよろしく言ってくれ。あらためて礼に伺うとな」

新右衛門は言い、喜助も屋敷を出た。

「もうお帰り？」

すると庭にいた賀夜が話しかけてきた。確かに、こけていた頬も丸みを帯びて顔色も良い。

「ええ、また来ますので、どうかあまり無理しませんように」

「大丈夫。今まで出来なかった習いごとも順々にしてみたいです」

賀夜は笑顔で言い、喜助に熱っぽい眼差しを向けた。

彼も後ろ髪引かれる思いだが、元より一緒になれるはずもなく、辞儀をして藩邸を出てきたのだった。

心気堂に戻ると、喜助は七兵衛に賀夜の回復を報告した。

「そうか、仙界の竜骨というのは万能薬だったのだな」

七兵衛も、あらためて効能に驚いていた。

「薬草を煮るときにお前の唾も入れてくれ。ゆばりというわけにいかんだろうからな。出なくなったら酸っぱい蜜柑《みかん》を思い浮かべると良い」

七兵衛は、早速商売に思いを馳《は》せ、なるべく売れ筋の薬から先に喜助の体液を混ぜることを考えたようだ。

「で、これを届けてもらいたい。西京屋《さいきょうや》という呉服問屋だ。主《あるじ》の佐吉《さきち》さんは疝気《せんき》持ちでな、今までの薬では効き目がなかったが、今日のは良いだろう」

七兵衛は言い、佐吉用の煎《せん》じ薬を取り出し、喜助もそれを開いて薬草に唾を垂らした。

女のものならともかく、男の唾液など入っていたら嫌だろうが、まあ中身は秘密だし効くのだから構わないだろう。

疝気とは大小腸、生殖器など下腹部系の疾患《しっかん》である。

七兵衛は多くの薬草を調合していたが、そこに喜助の出したものが加われば万全だろう。

「届けたら、日暮れまで江戸見物でもしてこい」

「はい、では行ってきます」

喜助は言い、薬袋を懐中に入れて心気堂を出た。

言われるまま神田の表通りを二町（二百メートル余）ばかり歩いているうち、西京屋の看板が見えてきた。

流行《はや》っているらしく、武家や大店の娘などが店内にひしめき、番頭や手代が多くの反物を見せていた。

帳場にいる白髪頭が、貫禄からして佐吉なのだろうが、何しろ忙しそうで何人もの娘たちが喜助の前を遮《さえぎ》っていた。

「何か御用でしょうか」

と、奥から丸髷《まるまげ》の女が出てきて喜助に言った。

「あ、心気堂の喜助と申します。佐吉さんのお薬を持って参りました」

「それはご苦労様です。こちらへどうぞ」

女が言い、いったん彼を店の外に出すと、脇の路地から奥へ案内した。

三十前だろうか、光沢あるお歯黒が、かえって唇や舌の桃色を際立たせて艶めかしい。

女房にしては若いが、娘や女中といった雰囲気でもない。

彼女は脇の入り口から入り、招かれるまま喜助も上がり込んだ。

「はあ、志摩《しま》と申します。あなたは七兵衛さんの」

「はあ、養子で喜助と申します」

言われて、彼は薬袋を差し出した。

「はい、確かにお預かりしました。お代は」

「聞いておりませんので、また月末にでも」

「そうですか。今お茶でも」

「どうかお構いなく、すぐ引き上げますので」

喜助は言い、ふと違和感を覚えた。志摩から漂う匂いに覚えがあったのだ。

花粉に似た吐息の刺激と、乳汁《ちしる》の匂いも感じられる。

「まさか、お駒さんか」

「まあ……！　なぜ……」

「髪や顔を変えても分かるよ」

彼が言うと、清楚な志摩が肩の力を抜き、ふっと笑みを洩らした。

「敵《かな》わないね、神通力を持った男には」

志摩、いや駒が言う。

妾に入ったということだが、店を手伝っているからには後釜《あとがま》を狙っているのだろう。どうやら佐吉は男やもめらしい。

やはり駒も、賭場を開いたり悪事の相談事などは、近間ではなく板橋辺りまで遠出していたのだろう。素破なら、わけなく移動できるに違いない。

それに佐吉も、もう六十年配だから淫気も弱く、何でも駒の言いなりになっているのかも知れない。素破なら、どんな相手も籠落《ろうらく》できる技量を持っているのだろう。

だから駒も夜は自由で、恐らく赤ん坊も、子守女にでも世話をさせているようだった。

「あんたと情交してから力が湧いて仕様がないのさ。やる気が出てきたのでまた近々、新しい仲間を集めて一旗あげるつもりさ」

顔立ちや仕草は町家の女の風情《ふぜい》だが、やはり女というものは髪型や化粧で印象が変わるものだ。その顔立ちや立ち振る舞いと、蓮《はす》っ葉《ぱ》な口調に差があり、やけに興奮をそそった。

そして駒は、何より金への欲が絶大らしい。

「ね、昼間だから情交は出来ないけれど、口吸いだけお願い。あんたの唾を飲みたい」

「悪者には、あんまりあげたくないんだがな……」

言いながらも喜助は股間を熱くさせてしまった。何といっても駒は、彼にとって最初の女なのである。

顔を寄せると、駒も迫って舌を伸ばしてきた。紅が溶けるので、舌だけ触れ合いたいらしい。

喜助も舌を伸ばすと、駒がチロチロと舐め回してきた。

熱い花粉臭の息が彼の鼻腔を艶めかしく湿らせ、彼も唾液に濡れた美女の舌を執拗に探った。

「アア、美味《おい》しい……」

駒が息を弾ませて言い、やがて名残惜しげに舌を引っ込めた。

「じゃ、戻るので薬を佐吉さんに渡して下さい」

「この裏の離れに住んでるので、よいとき訪ねて来て」

言うと駒が答え、彼は曖昧《あいまい》に頷きながら戸口を出ると、路地を抜けて大通りに出た。

そして多くの人が行き交う間を縫い、小間物屋や本屋などを見ながら歩いていると、やがて神田明神《みようじん》に着いたのでお詣《まい》りをした。

境内《けいだい》では、多くの物売りや見世物が出て賑《にぎ》やかだった。

（ああ、本当に江戸へ来たんだなあ……）

あらためて喜助は思い、七兵衛の言うように、もう国許へ帰る気などなくなってしまいそうだった。

それからもあちこち歩き回り、蕎麦屋《そばや》で昼飯を食い、さらにお茶《ちや》の水《みず》のお堀端まで行ってから、まだ日が傾く前に心気堂に戻ったのだった。

「お帰りなさい」

すると、厨《くりや》で夕餉の仕度していた十七、八ばかりの娘が、笑窪《えくぼ》を浮かべて挨拶《あいさつ》してきた。

「ああ、この子は八百七《やおしち》の娘で、たまに手伝いに来てくれている加奈《かな》だ」

「そうですか、喜助です」

七兵衛が言うと、喜助は愛くるしい娘に挨拶し、ムチムチと健《すこ》やかそうな張りのある肢体に目を遣ってから座敷に上がった。

すでに七兵衛は一杯はじめていて、加奈は厨へと戻った。

「主の薬代が溜まってな、支払いの代わりに娘を手伝いに寄越している」

七兵衛が言う。八百七は田代藩の上屋敷にも出入りしているようだが、主人は虚弱で高価な薬代が嵩《かさ》んでいるようだ。

「まあ、それもお前が来たから治るだろうがな。うん、そうだ、生娘の唾やゆばりで媚薬も作りたいな。お前の唾と混ぜれば効能は百倍だ。もう一花咲かせたいと願っている大店の年寄りが多いからな」

七兵衛は、加奈に聞こえないよう声を潜めて言い、喜助も次第に妖《あや》しくなる話に股間を熱くさせてしまったのだった。

第三章　生娘《きむすめ》の蜜汁で媚薬《びやく》を

一

「七兵衛さんから聞いているかな？」

「ええ、どんなことでも喜助さんの言う通りにしろって、お薬作りのために」

翌朝、喜助がやってきた加奈に訊《き》くと、彼女も笑みを浮かべて答えた。

もう朝餉《あさげ》を終え、七兵衛は出かけていた。

薬を届けながら顧客の様子を見て回り、あとは田代藩邸へ行って賀夜の経過を診《み》てから、のんびり新右衛門と碁でも打つらしく、帰宅は八つ半（午後三時）頃になるということだ。

喜助は愛くるしい加奈と二人きりで胸が高鳴り、痛いほど股間が突っ張ってきてしまった。

何しろ七兵衛には、加奈から多くの体液を採《と》り、喜助の唾液と混ぜて秘薬を作れと命じられているのである。

その内訳は、互いの唾液を混合したもの、彼の唾液の混じった加奈の淫水、そしてゆばりで、全てが媚薬《びやく》になる。

そして最後は交接をし、精汁と破瓜《はか》の血の混じったもの、これは乾燥して粉にし、和合散《わごうさん》と称して高価で売るらしい。何しろ破瓜の血は一度きりしか採れないのである。

七兵衛は以前から、生娘《きむすめ》の力というものを追い求めていたらしい。

すでに床が敷き延べられ、懐紙《かいし》と四つの広口徳利が置かれていた。

徳利には紙が貼られ、それぞれ『つば』『いんすい』『ゆばり』『和合水』と書かれている。

加奈も、そうした様子に緊張気味だが、好奇心もあるようだ。

父親の借金のかたの仕事というより、最初から喜助に絶大な好意を寄せているのだろう。あるいは彼の発する気が、誰をも虜《とりこ》にしてしまうのかも知れない。

「じゃ、秘薬作りのため、加奈ちゃんから出るものを徳利にもらうからね」

「え、ええ……、それはどんなものを……」

言うと加奈が、黒目がちの大きな目で喜助を見つめて訊いてきた。

七兵衛からは、とにかく何でも言う通りにしろとだけ言われ、細かなことは聞かされていないようだ。

「まず、加奈ちゃんが私の口に唾《つば》を垂らして、それを私が徳利に吐き出すんだ」

「まあ……、そんなものがお薬に……」

喜助が言うと、加奈が笑窪《えくぼ》の浮かぶ頬を紅潮させて俯《うつむ》いた。

「うん、無垢《むく》な娘から出るものは貴重だからね。さあ」

彼が徳利を持ってにじり寄ると、加奈も意を決したように身を起こし、膝を突いて顔を寄せてきた。

彼女はぷっくりした唇をすぼめ、懸命に唾液を分泌させてから迫った。

喜助が舌を伸ばして待つと、加奈は上から口を寄せ、トロトロと白っぽく小泡の多い唾液を垂らしてくれた。

彼は舌に受け、生温かな生娘の唾液を味わい、思わず呑み込んでしまった。

自分の唾液などより、彼女の唾液の方がずっと媚薬効果があるのではないかと思えるほど勃起が増してきた。

「ああ、飲んじゃった。もっと沢山《たくさん》」

「まあ……、汚いのに……」

「薬になるんだから汚くないよ。酸っぱい蜜柑《みかん》を思い浮かべていっぱい出して」

言うと、加奈ももう一度たっぷりと口に唾液を溜め、羞じらいながらグジューッと吐き出してくれた。

それを受け止め、彼は徳利に吐き出した。

何度か繰り返し、徳利に半分ほど溜まると、

「もう出ないわ……」

加奈が困ったように言う。

湿り気ある吐息が甘酸っぱく喜助の鼻腔《びこう》を刺激してきた。賀夜や茜とも違う、熟れた桃の実のような可愛らしい匂いだ。

「じゃまたあとにしようか。それでは着物を脱いでね」

彼は言い、徳利に紙で蓋《ふた》をして糸で縛った。

「あの、お口をゆすいで下さい……」

「大丈夫、加奈ちゃんから出たものは汚くないんだから。さあ脱いで」

言うと加奈も立ち上がり、帯を解きはじめた。

すっかり喜助の気に包まれ、その動きに躊躇《ためら》いはなかった。彼も脱ぎたいが、

まだ仕事のうちだから我慢し、やがて加奈が一糸《いっし》まとわぬ姿になると布団に仰向けに寝かせた。

さすがに家業の手伝いで動き回っているから、手足も賀夜よりムチムチと健《すこ》やかな張りがあり、乳房も一人前に近い膨《ふく》らみを見せて息づいていた。

「ああ、恥ずかしいわ……」

「淫水を採るから、その前に感じるようにいろいろするけど大丈夫？」

「ええ……、何でもして構いません……」

「自分でオサネをいじることは？」

「たまに……」

加奈は頬を染めながら正直に答えた。

「じゃ、力を抜いてじっとしててね」

喜助は言って屈《かが》み込み、上からそっと加奈に唇を重ねていった。

柔らかな感触と唾液の湿り気を味わい、舌を挿《さ》し入れて滑《なめ》らかな歯並びをたどると、

「ンン……」

彼女が熱く鼻を鳴らし、怖《お》ず怖《お》ずと歯を開いてくれた。

侵入して舌をからめると、生温かな唾液に濡れた舌が滑らかに蠢《うごめ》いた。

喜助は執拗《しつよう》に舌をからめながら、そろそろと無垢な乳房に手を這わせると、

「あぁッ……」

加奈が口を離して喘《あえ》ぎ、クネクネと身悶《みもだ》えた。

喜助は桃の匂いの息に酔いしれながら、彼女の耳の穴も舐め、首筋をたどって乳房に迫っていった。

初々《ういうい》しい薄桃色の乳首にチュッと吸い付いて舌で転がし、もう片方の乳首も指で探ると、

「ああ……。い、いい気持ち……」

加奈が朦朧《もうろう》となって喘ぎ、少しもじっとしていられないようにクネクネと身をよじらせた。

喜助はもう片方の乳首も含んで舐め回し、顔中で張りのある膨らみを味わってから、腋《わき》の下にも鼻を埋《うず》め込んでいった。

生ぬるく湿った腋毛には、何とも甘ったるい汗の匂いが濃厚に沁み付き、彼の鼻腔がうっとりと満たされた。

充分に嗅《か》いでから生娘の肌を舐め下り、愛らしい臍《へそ》を探り、腰から脚をたどっ

ていった。足裏にも舌を這わせ、縮こまった指の間に鼻を押しつけて嗅ぐと、汗と脂《あぶら》の湿り気とともに、蒸《む》れた匂いが感じられた。

充分に嗅いでから爪先にしゃぶり付き、順々に指の股に舌を割り込ませると、

「あう、駄目……」

加奈が呻《うめ》き、くすぐったそうに腰をくねらせた。

喜助は構わず、両足とも味と匂いを貪《むさぼ》り尽くしてから顔を上げた。

「じゃ、うつ伏せになってね」

言って足首を捻《ひね》ると、加奈も素直に寝返りを打った。

彼は踵《かかと》から脹《ふく》ら脛《はぎ》を舐め上げ、汗ばんだヒカガミから太腿、尻の丸みを舐め上げていった。

尻の谷間は後回しで、腰から滑らかな背中を舐めると淡い汗の味がした。

「アア……」

背中もくすぐったく感じるようで、加奈は顔を伏せて喘いだ。

彼は肩まで行って髪を嗅ぎ、そして耳の裏側も嗅いで舌を這わせ、再びうなじから背中を舐め下り、尻に戻ってきた。

うつ伏せのまま股を開かせて腹這い、指でムッチリと谷間を広げると、可憐《かれん》な

桃色の蕾《つぼみ》がひっそり閉じられていた。

鼻を埋めて嗅ぐと、秘めやかに蒸れた匂いが鼻腔を刺激し、彼は胸を満たしてから舌を這わせた。顔中に双丘の弾力を感じながら、ヌルッと潜り込ませて粘膜を探ると、

「く……！」

加奈が呻き、キュッときつく肛門で舌先を締め付けてきた。

彼は充分に舌を動かしてから顔を上げ、

「じゃ、また仰向けに」

言うと加奈も尻への刺激を避けるように、すぐ寝返りを打って再び仰向けになってくれた。彼は片方の脚をくぐり、張りのある内腿を舐め上げて股間に顔を迫らせた。

見ると恥毛は賀夜のように楚々《そそ》としたものだが、割れ目は他の誰にも負けないほど大量の蜜汁にヌラヌラと熱く潤《うるお》っていた。

指で小ぶりの花びらを広げると、奥で無垢な膣口が息づき、小粒のオサネが精いっぱいツンと突き立っていた。

喜助は顔を埋め込み、若草に鼻を擦《こす》りつけて汗とゆばりの蒸れた匂いを貪り、

舌を這わせていった。ヌメリは淡い酸味を含み、膣口を探るとすぐにも舌の動きが滑らかになった。

そして味わいながらオサネまで舐め上げていくと、

「アアッ……。い、いい気持《の》《ぞ》ち……！」

加奈がビクッと顔を仰け反らせて喘ぎ、内腿で彼の顔を挟み付けた。

やがて喜助は味と匂いを充分に味わってから顔を離し、徳利を手にして割れ目の下に押し当てたのだった。

二

「じゃ、うんと舐めてあげるから、気を遣《や》って構わないからね」

喜助は言い、徳利を支えながら再び加奈のオサネに舌を這わせていった。

匂いに酔いしれながら小さな円を描くようにオサネを刺激すると、新たな淫水が溢《あふ》れ、トロトロと徳利に注がれていった。

「アア……。す、すぐいきそう……」

加奈がヒクヒクと白い下腹を波打たせて喘ぎ、彼も執拗にオサネに舌先を集中させた。

徳利には、彼の唾液の混じった生娘の淫水が溜まってゆき、たちまち加奈がガクガクと狂おしく腰を痙攣《けいれん》させはじめた。

「い、いっちゃう……。アアーッ……！」

身を反らせながら声を上ずらせ、喜助も彼女が充分に満足するよう舌を蠢かせ続けた。

「も、もう堪忍《かんにん》……」

加奈が降参するように言い、過敏に内腿をヒクつかせた。

ようやく彼も顔を上げ、そっと徳利を引き離して見ると、中は半分以上の淫水が溜まっていた。これだけあれば充分だろう。彼は紙で蓋をして糸で縛り、唾液の徳利に並べて置いた。

「じゃ、少し休憩したら井戸端へ行ってゆばりをもらうので」

喜助は言い、水を浴びるのだから自分も着物を脱いで全裸になった。

そして加奈が呼吸を整え、余韻から覚めると新たな徳利を持ち、喜助は彼女を立たせた。

「ああ、まだ気持ち良くて歩けません……」

加奈が朦朧として言い、覚束《おぼつか》ない足取りなので彼が支えて歩いた。

勝手口から裏に出ると、そこに井戸と水浴び用の簀《す》の子《こ》があり、周囲は葦簀《よしず》に囲われているので、裏路地を通る人から垣根越しに見られることはない。

喜助は簀の子に座り、目の前に加奈を立たせた。

そして片方の足を浮かせて井戸のふちに乗せ、開いた股間に徳利を当てて顔を寄せた。

「じゃ出るとき言ってね」

割れ目に口を付けて言うと、加奈も懸命に下腹に力を入れて尿意を高めはじめたようだ。

舐めていると、やがて奥の柔肉が迫《せ》り出すように盛り上がり、温もりと味わいが微妙に変化してきた。

「あう、出ます……」

彼女が息を詰めて言うので、喜助は徳利を支えながらなおも舌を動かした。

するとチョロチョロと熱くか細い流れがほとばしり、彼の口に温かく注がれてきた。

それは味も匂いも淡く清らかで、喉を潤しても全く抵抗がなかった。

「アア……」

加奈が喘ぐと、急に勢いが増してきた。彼はそれを口に受け、唾液混じりに溢れた分を徳利に受け止めた。すぐにも徳利が一杯になったので離し、残りは彼が直《じか》に味わった。

彼女はガクガク膝を震わせながら、ようやく放尿を終えて足を下ろした。

喜助はなおも残り香の中で濡れた割れ目を舐め回し、余りの雫《しずく》をすすった。

すると新たな淫水が混じり、割れ目内部はヌラヌラする淡い酸味の潤いで一杯になった。

彼が顔を離すと、加奈は力尽きたようにクタクタと木の腰掛けに座り込んだ。

喜助は一杯になった徳利を置き、水を浴びた。

加奈は、潤いが流れてしまうので水浴びは後回しだ。

やがて身体を拭くと、また二人で部屋に戻った。

喜助は徳利に紙の蓋をして糸で縛り、いよいよ最後の、最も貴重な秘薬の原料採りにかかることにした。

「交接して、初物を頂くことになるけど大丈夫？」

「ええ、喜助さんなら構いません……」

訊くと加奈は、まだ羞恥と興奮に息を震わせて答えた。

「じゃ、先っぽを唾で濡らしてね」

仰向けになって言うと、加奈が恐る恐るピンピンに突き立った一物《いちもつ》に顔を寄せてきた。

「大きいわ……。入るのかしら……」

加奈が熱い視線を注いで言った。

元より手習いの女仲間などと際どい話もしていて、男女のすることは理解しているのだろう。

「入るよ。加奈ちゃんもいっぱい濡れてるからね。じゃ濡らして」

期待に幹を震わせて言うと、加奈も先端に口を寄せてきた。そしてチロリと舌を伸ばし、粘液の滲《にじ》む鈴口《すずぐち》をチロチロ舐め回してくれた。

「ああ、気持ちいい……。深く入れて……」

喜助が快感に喘いで言うと、加奈も口を丸く開いてスッポリ呑み込んできた。

そして幹を締め付けて吸い、熱い鼻息で恥毛をくすぐりながら、口の中ではクチュクチュと舌を蠢かせてくれた。

ズンズンと股間を突き上げると、

「ンン……」

加奈が小さく呻き、たっぷり唾液を出しながら自分も顔を上下させた。

笑窪を浮かべてスポスポと摩擦しながら、たまにぎこちなく歯が当たると、彼は新鮮な刺激が得られた。

「いいよ、じゃ仰向けになって」

充分に一物が唾液に濡れると彼は言い、加奈もチュパッと口を離して横になってきた。

入れ替わりに身を起こし、喜助は空の徳利と懐紙を近くに置いてから股間を進めていった。やはり混じり合った汁を徳利に受け止めるには、本手《ほんて》（正常位）が良いだろう。

大股開きにさせると、陰戸《ほと》は舐めて潤いを補うまでもなく、清らかな蜜汁が大洪水になっていた。

「じゃ入れるね。最初は少し痛いけど、すぐ気持ち良くなるからね」

喜助は、賀夜の初物を頂いた時を思い出して言った。

加奈も、恐れも緊張もなく、じっと身を任せていた。

すでに彼の体液を取り入れ、すっかりその気になっているのだろう。

喜助は幹に指を添え、先端を濡れた陰戸に押し当てていった。

呼吸を計ってグイッと股間を進めると、張り詰めた亀頭が無垢な膣口を丸く押し広げてズブリと潜り込んだ。

「あう……」

加奈が破瓜の痛みに眉をひそめて呻き、全身を強《こわ》ばらせたが、何しろ潤いが充分なので、彼はヌルヌルッと一気に根元まで挿入していった。

きつい締め付けと肉襞の摩擦を感じながら股間を密着させると、中は熱いほどの温もりに満ちていた。

彼は初物の感触を味わい、脚を伸ばして身を重ねていくと、

「ああ……」

加奈が喘ぎ、下から激しく両手を回してしがみついてきた。

胸の下で乳房が押し潰《つぶ》れて弾み、彼は加奈の肩に手を回して顔を寄せた。

「痛みはすぐ治まるよ。動いても大丈夫かな」

「平気です……」

彼女が答えると、熱く濃厚な桃の匂いの吐息が鼻腔を刺激してきた。

喜助は興奮を高め、悩ましい息を嗅ぎながら徐々に腰を突き動かしはじめてい

った。次第に動きが滑らかになり、溢れる蜜汁がクチュクチュと微《かす》かな摩擦音を立てはじめた。

「アア……。い、いい気持ち……」

加奈が両手に力を込めて喘ぎ、下からもズンズンと合わせて股間を突き上げてきた。

喜助も快感に動きを強め、加奈の口に鼻を押し込んで甘酸っぱい息を嗅ぎながら急激に絶頂を迫らせていった。

今は混じり合った汁を採るのが目的だから、長引かせることもない。

たちまち彼は、大きな絶頂の快感に全身を貫かれてしまった。

「く……、気持ちいい……」

口走りながら股間をぶつけるように激しく動き、熱い大量の精汁をドクンドクンと勢いよく注入した。

「あう、熱いわ、気持ちいい……。アアーッ……！」

噴出を感じた加奈も口走り、初回からガクガクと狂おしく痙攣して気を遣ってしまったようだ。

やはりオサネを舐められて得た絶頂より、ずっと深くて大きいのだろう。

収縮が強まり、互いの股間が淫水でビショビショになった。

喜助は心ゆくまで快感を嚙み締め、最後の一滴まで出し尽くしていった。

ようやく動きを弱めていくと、

「ああ……。今の、すごかったわ……」

加奈は息も絶えだえになって言い、まだヒクヒク震えながら肌の強ばりを解いてグッタリと身を投げ出していった。

喜助も収縮する膣内でヒクヒク過敏に幹を震わせ、加奈の熱くかぐわしい吐息を嗅ぎながら、うっとりと余韻を味わったのだった。

三

「脚を浮かせて抱えて、もう少しの間じっとしていてね」

股間を引き離した喜助が言うと、加奈は放心しながらも両脚を浮かせ、両手で抱えて股間を突き出してくれた。

徳利を持って見ると、陰唇がめくれ、息づく膣口から精汁が逆流していた。

それにうっすらと破瓜の血が混じっていたが、ほんの少量で、すでに止まっているようだった。

割れ目の下に徳利の広口を当てると、収縮とともに、精汁と血の混じった汁がトロトロと中に注がれていった。

量は少ないが、貴重なものなのだから仕方がない。

もっとも破瓜の血の絶大な効力を信じているのは七兵衛だけなので、実際は喜助の精汁だけでも充分なのである。

加奈も、懸命に押し出すように膣口を締めたり緩《ゆる》めたりさせ、ようやく出なくなると彼も徳利を引き離し、割れ目を懐紙で拭いてやった。

「あ、自分でします……」

加奈が言って懐紙に手を当てたので、彼は徳利に蓋をして糸で縛った。

これで、七兵衛から言いつかっていた仕事は全て終わりだ。

もちろん喜助自身は、可憐な加奈を前に、すぐにもムクムクと回復している。

添い寝すると、加奈も拭いた懐紙を置き、身を寄せてきた。

「最初が喜助さんで良かった……」

加奈が甘えるように肌を密着させて囁《ささや》く。

「そろそろ、お見合いの相手を探すって言われているんです」

「そう、親も新しい薬ですぐ良くなるだろうしね」

彼も淫気を高めながら答えた。

加奈は八百七の一人娘らしいので、婿《むこ》養子を取るようだ。

年回りも良いし、彼女ぐらい可憐なら、喜助は自分の嫁にしても良いと思っていたが、婿養子では無理だった。

七兵衛も、喜助に良い娘を探し、夫婦養子にして心気堂を継がせたいと思っているだろう。

「ね、見ていいですか」

彼女が言い、身を起こして情交を終えたばかりの一物に顔を寄せてきた。

まだ亀頭は淫水と精汁に濡れ、加奈は先端に舌を這わせてきた。

「ああ、気持ちいい……」

喜助が快感に喘ぐと、彼女はヌメリを舐め取りながら亀頭にしゃぶり付いた。

深く呑み込んで舌をからめ、唾液にまみれた彼自身は最大限になった。

すると加奈が口を離し、

「もう一度出せるなら、喜助さんの精汁を飲んでみたいです。何だか、すごく力が湧いてきそうなので」

股間から言ってきた。

彼も、初回から二度の挿入は控えた方が良いと思ったので、

「うん、じゃお口で可愛がって」

彼は答えて期待に幹を震わせた。

すると加奈が彼の両脚を浮かせ、自分がされたように尻の谷間に舌を這わせてきたのである。熱い鼻息でふぐりをくすぐり、チロチロと肛門を舐め回してからヌルッと潜り込ませてきた。

「あう……」

喜助は妖《あや》しい快感に呻き、味わうようにモグモグと加奈の舌先を締め付けた。

彼女も厭《いと》わず中で舌を蠢かせ、やがて舌を引き離してきたので、喜助も脚を下ろした。

「これ、お手玉みたい……」

加奈は言い、鼻先にあるふぐりにしゃぶり付いてきた。

舌で二つの睾丸《こうがん》を転がし、やがて袋が唾液にまみれると、彼女は前進して肉棒の裏筋を舐め上げてきた。

滑らかな舌が先端まで来ると、加奈は再び深々と含んで幹を締め付け、上気し

て笑窪の浮かぶ頬をすぼめて吸い付いた。

股間に熱い息を受けながら、彼がズンズンと股間を突き上げはじめると、加奈も顔を上下させスポスポと濡れた口で摩擦してくれた。

「ああ、いきそう……」

喜助は喘ぎ、我慢せずに快感を受け止めた。

そして加奈も懸命に吸引と摩擦、舌の蠢きを続行してくれ、たちまち彼は二度目の絶頂に達してしまった。

「い、いく、気持ちいい。アアッ……！」

たちまち喜助は快感に貫かれて喘ぎ、ありったけの熱い精汁をドクンドクンと勢いよくほとばしらせてしまった。やはり、可憐な娘の口を汚《けが》す禁断の思いも、快感を倍加させた。

「ンン……」

喉の奥に噴出を受けた加奈が小さく呻き、なおも出なくなるまで強烈な愛撫を続けてくれた。

喜助は快感を嚙み締め、心置きなく最後の一滴まで絞り尽くした。

「ああ……」

満足して声を洩らし、グッタリと身を投げ出すと、加奈も動きを止めて亀頭を含んだまま口に溜まった精汁をコクンと飲み干してくれた。

「あう……」

締まる口腔の刺激で駄目押しの快感に呻くと、加奈も口を離し、余りの雫の滲む鈴口をチロチロと念入りに舐め回した。

「く……、もういい。有難う……」

喜助が過敏に幹をヒクつかせ、腰をよじって言うと加奈もようやく舌を引っ込めてくれた。

そして添い寝してきたので彼は加奈の口に鼻を押しつけ、桃の匂いの吐息で鼻腔を満たしながら、うっとりと快感の余韻を味わったのだった……。

四

「おお、ちゃんと採れたようだな。ご苦労さん」

言っていた通りの刻限に帰宅した七兵衛が、並んだ徳利を見て言った。

あれから喜助は加奈と二人で遅めの昼餉を取り、やがて彼女は夕餉の仕度を済ませて帰ったのだ。それに加奈は、七兵衛と顔を合わすのが決まり悪かったのだろう。

「賀夜様も、すっかり良くなったので自分の屋敷へ帰ったようだ。今日から早速お花の師匠を呼んで稽古《けいこ》に励み、ご家来衆や女中たちも賀夜様の回復に大喜びだろうよ」

喜助が言い、土産物らしい酒徳利を置いた。恐らく新右衛門から過分な礼金ももらったことだろう。

新右衛門も、賀夜が回復した以上、上屋敷にずっと住まわせているわけにもゆかず、もう年中彼女を診ている必要もないので藩邸の近くにある自分の屋敷へと戻したようだ。

屋敷には、間もなく家老職を継ぐ長男夫婦もいるようで、これで新右衛門も何の心配も要らず隠居できることだろう。

「それから八百七の主人も、お前の薬で効果覿面《てきめん》。すっかり元気になって働いている」

「そうですか、それは良かった」

「ああ、あまり急に元気になったので不審がられたが、なあに、今までの投薬がようやく効果を現したのだと言って納得させた」

七兵衛は上機嫌で言い、もらってきた酒を茶碗に注ぎ、加奈の用意した夕餉を
つまみはじめた。

「ときに明日だが、お前はまた上屋敷へ行ってくれ。新右衛門様がな、お前にも
あらためて礼が言いたいと、昼餉に呼んでくれているのだ」

「そうですか、では昼前にでも伺うことにしましょう。七兵衛さんも一緒に？」

「いや、儂《わし》は急いでこの徳利から製薬するからな、お前一人だ」

「分かりました」

「それで、加奈はどうだった」

急に声を潜め、七兵衛がニヤニヤ笑いながら訊いてきた。

「え、ええ……、良い子ですね。嫁にしたいとも思ったのだけど、八百七の一人
娘では無理ですね」

「ああ、加奈は看板娘だからな。お前には近々良い娘を見繕《みつくろ》ってやる。いくらで
も来手はあるだろうさ」

七兵衛は言い、喜助も一緒に夕餉にした。

そして翌日、朝餉を済ませた喜助は少し七兵衛の仕事を手伝ってから、水を浴

びて心気堂を出た。

昼前に田代藩の上屋敷に着くと、すぐに彼は出迎えを受け、豪華な料理の並ぶ座敷へと招き入れられた。

すると何と、賀夜が銚子を持って入って来たではないか。喜助が来るというので、自分の屋敷から出向いて来たのだろう。

「どうぞ」

髪も島田《しまだ》に結い、華麗な簪《かんざし》を差した賀夜が銚子を傾けてきた。顔色も肉づきも良く、見違えるように艶《あで》やかな姿である。

喜助も、七兵衛の相伴《しょうばん》で少しずつ飲むようになり、もちろん力を宿しているので泥酔することもなく、旨《うま》いと感じるようになっていた。

「頂きます」

喜助は盃《さかずき》を受けて飲み、新右衛門も満面の笑みで一緒に料理を摘《つま》んだ。

「いやあ、七兵衛さんも良い息子を得たものだ。男やもめだったが、これで心気堂も先々安泰だろう」

「恐れ入ります」

彼は答え、盃を傾けながら歓談した。

大名の家老といっても新右衛門は気さくだし、それに喜助は誰に対しても気後《きおく》れするようなことはなくなっていた。

「賀夜、もっと居たいだろうがお花の稽古ではないか」

「はい、では……」

父親に言われて、賀夜も名残惜《なごりお》しげに居住まいを正して辞儀をすると、熱い眼差《まなざ》しを喜助に向けてから出ていった。

やはりすっかり回復したので、今までしてみたかったことを順々にやり、稽古は休みたくないようだった。

「あれは、どうもおぬしを好いているようだ」

賀夜の足音が遠ざかると、新右衛門が酒を干して言った。

「おぬしをどこぞの武家の養子にして、賀夜を嫁《とつ》がせようかとも思ったのだが、まず七兵衛さんが手放すまい。惜しい縁だが、これればかりは仕方がないな」

「そんな、滅相《めっそう》も……」

喜助は恐縮したが、それだけ賀夜も思いを隠さず、何かと彼のことばかり親に話しているのだろう。

「まあ、命が長くないものと思っていたのだから、贅沢《ぜいたく》は言うまい。良い縁を探すさ。おぬしも良い嫁が見つかるだろう」

「ええ、昨日も七兵衛さんとそんな話をしました」

喜助は答え、やがて豪華な料理で時を過ごした。

そして良い頃合いで辞することにすると、茜が土産物の菓子折を手に、彼を送ってくれた。

一緒に藩邸を出て歩くと、

「お駒の住まいは分かりませんか」

茜が訊いてきた。やはり素破《すっぱ》仲間の敵だから、どうにも駒のことが許せないのだろう。

「ええ、茜さんに嘘はつけませんね。実は近くにいます。西京屋という呉服問屋の妾《めかけ》に納まっているけど、ほとんど女房気取りですね」

「そう……」

茜は答え、やがて角を曲がると、

「少しだけここへ寄って下さい」

そう言い、彼は裏路地にある、一軒の瀟洒《しょうしゃ》な仕舞《しも》た屋《や》に招かれた。

「ここは？」

「私と母の隠れ家です」

茜が答える。

してみると素破の母娘《おやこ》は、屋敷での用以外に、例えば夜半に暗躍するときなどは、この家で忍び装束に着替えるのかも知れない。

上がり込むと、二間と厨《くりや》に厠《かわや》、裏には井戸もあるようだ。

「構いませんか」

茜が荷を置いて言い、返事も待たず床を敷き延べはじめた。

もちろん喜助も、この家に入ったときから妖しい期待に股間を熱くさせていたのだ。

彼が脱ぎはじめると、茜も安心したように帯を解きはじめた。

先に全裸になると、喜助は布団に仰向けに身を投げ出した。

すぐに茜も一糸まとわぬ姿になり、近づいてきたので、

「ここに座って」

喜助が下腹を指して言うと、茜も言われるままためらいなく彼に跨《また》がり、しゃがみ込んでくれた。

ほんのり湿った陰戸が下腹に密着すると、

「足を顔に」

彼は言いながら、立てた両膝に茜を寄りかからせて足を引き寄せた。

茜も両脚を伸ばし、足裏を彼の顔に乗せてくれた。

「ああ、気持ちいい……」

喜助は、可憐な茜の重みを感じながら、湿り気ある足裏を顔に受け止めて喘いだ。

そして両の足裏に舌を這わせ、それぞれの指の股に鼻を割り込ませて嗅ぐと、やはり汗と脂に生ぬるく湿り、蒸れた匂いが籠もって鼻腔が刺激された。

素破でも、戦いに臨む前でもなければ全ての匂いを消すようなことはしないのだろう。

喜助は両足の匂いを貪ってから爪先にしゃぶり付き、全ての指の股に舌を潜り込ませて味わった。

「く……」

彼の上で茜が小さく呻き、ビクリと反応した。

数々の術を持つ手練《てだ》れでも、仙界の力を秘めた喜助に愛撫されれば、他の女たちと同じように感じてしまうようだ。そして下腹に密着した割れ目が、徐々に潤いはじめる様子も伝わってきた。

「顔を跨いで」

やがて両足とも味と匂いを貪り尽くして言うと、茜も腰を浮かせて前進し、彼の顔にしゃがみ込んでくれた。

内腿がムッチリと張り詰め、濡れはじめた陰戸が鼻先に迫ると、熱気と湿り気が顔中を包み込んできた。

腰を抱き寄せ、柔らかな恥毛の丘に鼻を埋め込んで嗅ぐと、蒸れた汗とゆばりの匂いが悩ましく鼻腔を掻き回してきた。

喜助はうっとりと胸を満たしてから舌を這わせ、淡い酸味のヌメリを掻き回し、息づく膣口からオサネまでゆっくり味わうように舐め上げていった。

「アア……」

茜が熱く喘ぎ、ギュッと股間を彼の顔に押しつけてきた。

感じてしまうと油断が生じるから、懸命に喘ぎを抑えていたようだが、やはり彼の唾液を直に感じると否応《いやおう》なく声が洩れ、全身がヒクヒクと反応してしまうのだろう。

喜助は執拗にオサネを舐めては溢れる淫水をすすり、すっかり味と匂いを堪能した。そして尻の真下に潜り込み、顔中に双丘の弾力を受け止めながら、谷間の蕾に鼻を埋め、秘めやかに蒸れた匂いを貪った。

舌を這わせて細かな襞を濡らし、ヌルッと潜り込ませて淡く甘苦い滑らかな粘膜を探ると、

「く……」

茜が息を詰め、キュッときつく肛門で舌先を締め付けてきた。

喜助が中で舌を蠢かすと、陰戸から垂れてきた蜜汁が鼻先を生ぬるく濡らしてきた。

「も、もういい……」

前も後ろも舐められた茜が言って腰を浮かせ、再び彼の上を移動して股間に顔を寄せてきた。

彼も大股開きになると、屈み込んだ茜がふぐりを舐め回し、すぐにも肉棒の裏側を舐め上げてきた。滑らかな舌が先端まで来ると、彼女は幹に指を添え、粘液の滲む鈴口を念入りに舐め回した。

股間を見ると、可憐な茜が何とも美味《おい》しそうに先端をしゃぶり、少しでも多く体液を吸収しようとしているようだ。

張り詰めた亀頭が唾液にまみれると、茜はスッポリと喉の奥まで呑み込んでいった。

「ああ……」

喜助は快感に喘ぎ、茜の口の中で唾液にまみれた幹を震わせた。

茜も幹を締め付けて吸い、満遍《まんべん》なく舌をからめてから顔を上下させ、スポスポと強烈な摩擦を繰り返した。

彼がすっかり高まり、いよいよ絶頂が迫ってくると、頃合を見計らったように茜がスポンと口を離した。

そして身を起こして前進し、彼の股間に跨がってきた。

先端に割れ目を押しつけ、感触を味わうようにゆっくり腰を沈めてくると、彼自身はヌルヌルッと滑らかに根元まで呑み込まれていった。

「アア……、いい……」

茜が顔を仰け反らせて喘ぎ、キュッキュッときつく締め上げてから身を重ねてきた。喜助も両手を回して抱き留め、両膝を立てて尻を支えると、彼女の乳房が心地よく胸に密着して弾んだ。

まだ動かず、彼は潜り込んで左右の乳首を吸い、顔中に膨らみを受け止めながら舌を這わせた。さらに腋の下にも鼻を埋めると、湿った和毛《にこげ》には甘ったるい汗の匂いが籠もっていた。

　やがて茜が徐々に腰を動かしはじめたので、喜助もズンズンと合わせて股間を突き上げはじめていった。

五

「ああ……、い、いい気持ち。すぐいきそう……」

　茜が熱く喘ぎ、喜助も肉襞の摩擦と温もりに高まりながら、下から唇を重ねていった。

「ンン……」

　茜が熱く呻き、彼の鼻腔を息で湿らせながら舌を挿し入れてきた。

　喜助もネットリと舌をからめ、美女の清らかな唾液をすすってうっとりと喉を潤した。

　互いに動くうち、クチュクチュと湿った音が聞こえ、溢れる淫水で互いの股間が生ぬるくビショビショになっていった。

「ああ……」

口を離して茜が喘ぐと、甘酸っぱい果実臭の吐息が心地よく彼の鼻腔を刺激してきた。

「唾を垂らして」

言うと彼女も口を寄せ、トロトロと吐き出してくれた。自分こそ、喜助の唾液を飲みたいだろうが、彼はやはり与えるより受け止める方が好きである。

生温かく小泡の多い唾液で喉を潤し、彼女の悩ましい吐息を嗅ぎながら股間を突き上げ続けると、いよいよ限界が迫ってきた。

しかし先に茜の方が、ガクガクと狂おしい痙攣を開始したのだ。

「い、いく……。アアーッ……!」

茜が熱く喘ぎ、膣内の収縮を最高潮にさせると、ひとたまりもなく喜助も昇り詰めてしまった。

「あう、気持ちいい……」

彼は呻きながら、熱い大量の精汁をドクンドクンと勢いよくほとばしらせ、奥深い部分を直撃した。

「アア、もっと……!」

熱い噴出を受け止めると茜が口走り、飲み込むようにキュッキュッときつく締め上げてきた。喜助は心ゆくまで快感を嚙み締め、最後の一滴まで出し尽くしていった。

彼はすっかり満足しながら徐々に突き上げを弱めてゆき、茜も硬直を解きながらグッタリと力を抜いてもたれかかった。

まだ息づく膣内の刺激に、彼自身が内部でヒクヒクと過敏に震えた。

そして彼は茜の温もりと重みを受け止め、果実臭の吐息で鼻腔を刺激されながら、うっとりと余韻を味わった。

「ああ、良かった……。また力が湧いてきそう……」

茜が息を震わせて言い、互いに呼吸を整えると、そろそろと股間を引き離して身を起こしていった。

喜助も起き上がり、一緒に裏の井戸端へ行き、水を浴びて身体を洗い流した。

ここも回りから見られないような作りになっている。

「ゆばりを出して」

喜助は簀の子に座って言い、目の前に茜を立たせた。加奈のゆばりを味わってから、それが病みつきになりそうだった。

茜も彼の顔に股間を突き出し、自ら指で割れ目を広げながら息を詰めて尿意を高めてくれた。

いくらも待たないうち、割れ目からチョロチョロと熱い流れがほとばしり、彼も舌に受けて味わい、うっとりと喉を潤した。

しかし、あまり溜まっていなかったか、一瞬勢いが増しただけで、間もなく流れは治まってしまった。

喜助が残り香を味わいながら余りの雫をすすり、割れ目内部を舐め回すと、また新たな蜜汁が溢れて舌の動きが滑らかになった。

「ああ……、いい気持ち……」

茜が喘ぎ、また淫気を催《もよお》しはじめたようだ。もちろん彼もゆばりを味わい、すっかりピンピンに回復している。

二人でもう一度水を浴びてから身体を拭くと、また布団に戻っていった。

「後ろから入れて……」

茜が言って四つん這いになり、尻を突き出してきた。

喜助も膝を突いて股間を進め、後ろから先端を膣口に押し当てた。

ゆっくり挿入していくと、やはり向かい合わせとは微妙に異なる摩擦快感があり、ヌルヌルッと滑らかに嵌《は》まり込んだ。

「アアッ……！」

茜が喘ぎ、白い背を反らせながらキュッと締め付けてきた。

喜助はズンズンと腰を前後させ、彼女の背に覆《おお》いかぶさると、両脇から回した手で乳房を揉《も》みしだいた。

深く突くたびに、尻の丸みが股間に当たって弾み、何とも心地よく、これが後ろ取り（後背位）の醍醐味《だいごみ》なのだと実感した。

しかし顔が見えず、唾液や吐息が貰《もら》えないのが物足りず、やがて彼は身を起こしてヌルリと引き抜いてしまった。

「ああ、じゃ横から……」

茜が快楽を中断されて喘ぎ、今度は横向きになると、上の脚を真上に差し上げてきた。

喜助は彼女の下の内腿に跨がり、再び根元まで挿入してから、上の脚に両手でしがみついた。

なるほど、松葉くずしの体位だと、互いの股間が交錯して密着感が増し、擦れ合う内腿同士も心地よいものだと分かった。

充分に味わってから引き抜くと、茜が仰向けになって股を開いた。

彼も股間を進め、本手（正常位）でみたび深々と押し込んでいった。

そして温もりと感触を味わい、身を重ねていくと、

「アア……、もう抜かないで……」

茜が喘ぎ、下から両手でシッカリとしがみついてきた。

喜助もすっかり高まり、ズンズンと腰を突き動かしながら茜に舌をからめ、息で鼻腔を満たしながら絶頂を迫らせていった。

摩擦と収縮の中、今度は彼が先に昇り詰めてしまい、

「あう、いく……！」

快感に口走りながら、ありったけの熱い精汁を勢いよく注入した。

「いい……、アアーッ……！」

噴出に刺激され、彼女も二度目の絶頂を迎えて喘いだ。

収縮と潤いの増す膣内で快感を嚙み締め、彼は心置きなく最後の一滴まで中に出し尽くしていった。

膣内の蠢きは、この茜が最も心地よかった。

彼は満足しながら動きを弱めてゆき、遠慮なくもたれかかって身体を預けた。

そして収縮の中でヒクヒクと幹を震わせ、茜の口から吐き出される甘酸っぱい息で鼻腔を刺激されながら、うっとりと余韻を味わったのだった。

「ああ、良かった……」

茜も身を投げ出して言い、荒い息遣《いきづか》いを繰り返した。

「母が、喜助さんとゆっくり話したいというのだけど……」

呼吸を整えながら茜が言った。

「明日の昼過ぎ、ここへ来られるかしら」

「うん、大丈夫」

彼は答え、あの熟れた朱里の肢体を思い浮かべた。

ここで会うとなると、情交までしてしまうかも知れないが、それでも茜は構わないのだろう。

やがて喜助は身を離し、彼女に添い寝した。

すると茜は自分で陰戸を拭《ぬぐ》いながら、また移動して濡れた亀頭にしゃぶり付いてくれたのだ。

やはり、少しでも彼の体液を吸収したいのだろう。

「あうう、もういい……」

舌で綺麗にしてもらい、彼は腰をよじりながら降参した。

茜も身を起こし、もう水も浴びず互いに身繕いをした。

そして喜助は土産の菓子折を受け取り、茜とはそこで別れて心気堂に戻ったのだった。

「おお、帰ったか」

七兵衛が薬研《やげん》を手にしたまま言った。

「はい、ご家老がよろしくとのことでした」

「ああ、それは菓子か。甘いものはいらん、お前が食え。余りは明日にでも加奈にやるといい」

七兵衛は言い、喜助の体液の混じった秘薬作りに余念がない。

心気堂の評判もうなぎ登りで、作っただけ飛ぶように売れているようだ。

もちろん七兵衛もこっそり服用し、ますます元気になっていた。

やがて七兵衛の仕事が一段落し、夕餉を済ませると喜助は与えられている部屋で眠った。

そして翌日、昼までは喜助も製薬を手伝った。

すでに昼過ぎに出かけることは、七兵衛に言ってある。

二人で昼餉を済ませると、喜助は水を浴びてから心気堂を出て、素破母娘の隠れ家である家へと出向いていった。

訪《おと》うと、すでに朱里が来ていて、彼はすぐ招き入れられた。

床が敷き延べられ、四十前の熟れた美女を前に、早くも喜助は股間を突っ張らせてしまったのだった。

第四章　熟れ肌に魅《み》せられて

一

「賀夜様のこと、お礼申し上げます」

朱里が笑みを含んで喜助に言う。

彼は、布団が敷かれているので普通の会話がもどかしく、早く情交に移りたいほど淫気が満々になっていた。

「いえ、ふとしたことで力を得ただけなので、私の手柄ではありません。むしろ、長年の鍛錬で力を得た朱里様の方がずっとすごいです」

「でも、私に出来ないことを苦もなくしたのですし、人の命を救ったのだから」

「ええ、これからも薬で人助けができればと思います」

喜助は言い、茜に良く似た顔立ちの美形に股間を熱くさせた。屋敷でなく、この隠れ家で会っているのだし、すでに仕度も調《ととの》っているのだ。

「喜助さんの身体から出るもので力が湧くようですから、賀夜様は元より、茜も今は私以上に強くなっているはずです」

朱里が言う。やはり彼女は、喜助と茜が情交していることも承知しているようだった。

「朱里様と、しても構いませんか」

「ええ、もちろん」

思いきって言うと、朱里も即答し、立ち上がって帯を解きはじめてくれた。

喜助も手早く着物を脱いでゆき、たちまち互いに全裸になった。

朱里は、自分から仰向けになっていった。

昼間で明るいので、布団に横たわった熟れ肌が余すところなく見えた。

透けるように色白で実に豊満、乳房も腰も完熟の丸みを帯びて艶《なま》めかしく息づいている。

茜のように引き締まった肢体ではなく、朱里は適度に脂《あぶら》が乗っているが、その内にはやはり絶大な力を秘めているのだろう。

喜助は彼女の足の方に屈《かが》み込み、足裏に舌を這わせた。

朱里も、そんなところから舐められることに動じることもなく、じっと慈愛の笑みを浮かべて彼の愛撫に身を任せていた。

彼は朱里の踵《かかと》から土踏まずを舐め、形良く揃った爪先に鼻を割り込ませた。

いかに清楚《せいそ》で気品ある美女でも、やはりそこは蒸《む》れた匂いが沁み付いていた。

喜助は美女の足の匂いを貪《むさぼ》り、しゃぶり付いて指の股に籠もった汗と脂《あぶら》の湿り気を味わった。

両足とも味と匂いを貪り、やがて股を開かせて滑《なめ》らかな脚の内側を舐め上げていった。

白くムッチリした内腿は実に量感があり、骨などないかのようにしなやかで柔らかかった。

股間に迫ると、ふっくらした丘には黒々と艶《つや》のある恥毛が程よい範囲に茂り、肉づきが良く丸みを帯びた割れ目からは桃色の花びらがはみ出していた。

指を当て、そっと陰唇を左右に広げると、かつて茜が生まれ出てきた膣口が襞を入り組ませて息づき、奥からは乳汁《ちしる》のように白っぽい粘液がトロトロと滲《にじ》み出ていた。

小さな尿口もはっきり見え、包皮の下からは小指の先ほどのオサネが光沢を放ってツンと突き立っていた。

艶《なま》めかしく熟れた花弁に堪《たま》らなくなり、彼は吸い寄せられるように顔を埋《うず》め込んでいった。

柔らかな茂みに鼻を擦《こす》りつけ、隅々に籠もって蒸れた汗とゆばりの悩ましい匂いを貪り、舌を挿《さ》し入れて膣口の襞をクチュクチュと探った。

そしてヌメリを味わいながらオサネまで舐め上げていくと、

「アア……」

ようやく朱里がビクリと反応し、熱い喘《あえ》ぎ声を洩らした。

さすがの手練《てだ》れも、陰戸《ほと》から彼の唾液を吸収しはじめると、身をもってその力が感じられてきたのだろう。

舌先で弾くようにチロチロとオサネを舐め回すと、格段に潤《うるお》いが増して、白い下腹がヒクヒク波打ちはじめた。

喜助は味と匂いを貪ってから、彼女の両脚を浮かせ、白く豊満な尻に迫った。

朱里も自分から、浮かせた両脚を抱えて尻を突き出してくれた。

彼が両の親指でムッチリと谷間を広げると、奥には薄桃色のおちょぼ口がひっそり閉じられ、細かな襞を息づかせていた。

鼻を埋めると顔中に弾力ある双丘が密着し、蒸れて籠もった匂いが悩ましく鼻《び》腔《こう》を掻き回してきた。

胸を満たしてから舌を這わせ、ヌルッと潜り込ませると、

「あう……」

朱里が小さく呻《うめ》き、モグモグと肛門で舌先を締め付けてきた。

喜助も滑らかな粘膜を探り、少しでも奥まで味わおうと舌を蠢《うごめ》かせた。

「アア、指を入れて。前にも後ろにも……」

朱里が息を弾ませてせがんできた。

彼は口を離すと左手の人差し指を舐めて濡らし、唾液に濡れた蕾《つぼみ》にズブズブと潜り込ませていった。

さらに右手の二本の指を濡れた膣口に差し入れ、前後の穴の内壁を指で小刻みに擦りながら、再びオサネに吸い付いていった。

「く……、いい気持ち……。もっと動かして……」

朱里が呻いて言い、前後の穴で彼の指を締め付けてきた。

喜助も肛門に入った指を出し入れさせるように動かし、膣内の指は天井の膨《ふく》らみを擦った。

「ああ、いい……」

感じる三箇所を同時に愛撫され、朱里は喘ぎながら潤いを増していった。

喜助も腹這いで両手を縮めているが、もちろん力を宿しているので痺《しび》れること
もなく、延々と愛撫を続けることが出来た。

「い、入れて……」

やがてすっかり高まった朱里が言い、彼も舌を引っ込めた。

前後の穴に入っていた指をヌルッと引き抜くと、

「あう……」

朱里が呻き、脚を下ろした。

膣口に入っていた二本の指は白っぽい淫水にまみれ、指の腹は湯上がりのよう
にふやけてシワになっていた。肛門に入っていた指に汚れはないが、嗅《か》ぐと生々
しい微香が感じられた。

喜助は身を起こし、股間を進めて幹に指を添え、先端を濡れた陰戸に擦りつけ
てヌメリを与え、やがてゆっくり膣口に押し込んでいった。

ヌルヌルッと根元まで嵌《は》まり込むと、

「アア……、奥まで感じる……」

朱里が顔を仰《の》け反《ぞ》らせて喘ぎ、若い一物《いちもつ》を味わうようにキュッキュッときつく締め付けてきた。

彼は股間を密着させ、温もりと感触を嚙み締めながら身を重ねていった。

そして屈み込み、チュッと乳首に吸い付いて舌で転がし、顔中で豊かな膨らみを味わった。

左右の乳首を交互に含んで舐め回し、彼女の腕を差し上げて腋《わき》の下にも鼻を擦りつけて嗅ぐと、色っぽい腋毛には濃厚に甘ったるい汗の匂いが馥郁《ふくいく》と沁み付いていた。

喜助はうっとりと胸を満たし、さらに彼女の白い首筋を舐め上げ、上からピッタリと唇を重ねていった。舌を挿し入れて滑らかな歯並びを舐めると、朱里も歯を開いて舌を触れ合わせてきた。

生温かな唾液にまみれた舌がチロチロと滑らかに蠢き、彼は執拗《しつよう》に味わいながら徐々に腰を動かしはじめた。

「ンン……」

朱里も小さく呻き、彼の舌に吸い付きながら股間を突き上げ、動きを合わせてきた。次第に互いの動きが一致し、ピチャクチャと淫らな摩擦音が響き、揺れてぶつかるふぐりも淫水に熱く濡れた。

「ああ……、いい気持ち……」

朱里が口を離し、唾液の糸を引いて熱く喘いだ。口から漂う息は、白粉《おしろい》のような甘く悩ましい刺激を含み、彼の鼻腔が心地よく刺激された。

まるで興奮と安らぎの、両方が得られるような芳香である。

美女の吐息を嗅ぎながら腰の動きを速めていくと、急に朱里が動きを止め意外なことを言ってきた。

「ね、お尻の穴に入れて……」

「え……」

喜助は驚いたが、陰間《かげま》はしているのだから入るようになっているのだろう。

それに素破《すっぱ》の手練れなら、そうした経験もしているに違いない。

彼は急に興味を覚えると、動きを止めて身を起こした。そしてヌルリと一物を抜いた。

すると朱里が再び両脚を浮かせ、両手で抱えて豊満な尻を突き出した。

見ると、陰戸から溢《あふ》れた淫水が肛門の方までヌメヌメと潤わせている。

喜助は股間を進め、淫水に濡れた先端を蕾に押しつけた。

そしてゆっくり潜り込ませていくと、張り詰めた亀頭が肛門を丸く押し広げ、彼自身は難なくズブズブと根元まで吸い込まれていったのだった。

やはり膣口とは違う感触で、さすがに入り口はきついが中は案外楽で、思っていたようなベタつきもなく滑らかだった。

二

「あう……、いいわ。動いて中に出して……」

朱里が言い、後ろの穴を収縮させながら喜助の一物を味わっていた。

彼もぎこちなく動きはじめたが、朱里の緩急《かんきゅう》の仕方が巧みなので、すぐにも滑らかに律動することが出来た。

次第に勢いが付くと喜助の快感が高まり、新鮮な感覚が彼を包み込んだ。

朱里も自ら乳房を揉《も》み、指で乳首を摘《つま》んでは快感を高め、もう片方の手では空いている陰戸を探りはじめていた。

淫水の付いた指の腹で小刻みにオサネを擦ると、クチュクチュと湿った音が聞こえ、女はこうして自分を慰めるのかと彼は思った。

そして彼女の絶頂が迫ってくると、膣内の収縮に連動するように、一物も心地よく締め付けられた。

たちまち喜助は、初めての感覚の中で昇り詰めてしまった。

「い、いく……！」

絶頂の快感に貫かれて口走り、ドクンドクンと熱い大量の精汁を勢いよく注入すると、

「い、いい気持ち……。アアーッ……！」

噴出を感じた朱里も声を上げ、ガクガクと狂おしく痙攣《けいれん》して気を遣《や》った。

膣内よりも、さらに貪欲《どんよく》に精汁を吸収するように、彼女は締め付けながら乱れに乱れた。

あるいは自らの指でオサネを刺激し、昇り詰めたのかも知れない。

中に出す精汁で、さらに動きがヌラヌラと滑らかになり、彼は快感を嚙み締めながら最後の一滴まで出し尽くしていった。

「ああ……」

彼は喘ぎ、すっかり満足しながら動きを弱めていった。

朱里も乳首と股間から指を離し、満足げに身を投げ出していった。

喜助は身を起こし、一物を引き抜こうとしたが、ヌメリと締め付けでそれは自然に押し出されてきた。やがてツルッと抜け落ちると、何やら美女に排泄されたような興奮が湧いた。

見ると、丸く開いて粘膜を覗《のぞ》かせた肛門も、ゆっくり締まって元の蕾に戻っていった。

「さあ、洗った方がいいわ」

余韻に浸る余裕もなく、朱里が言って身を起こし、喜助と一緒に裏の井戸端へと出た。そして水を汲《く》み上げると、彼女は甲斐甲斐《かいがい》しく指で一物を洗い流してくれた。

「ゆばりも出しなさい」

言われて、彼は回復を堪《こら》えながら懸命に息を詰め、ようやくチョロチョロと内側も洗い流すように放尿することが出来た。

すると何と、朱里が屈み込んで流れを舌に受けて飲み込んだのだ。

やはり唾液や精汁のみならず、ゆばりにも大きな力があることを察しているのだろう。

そんな様子に堪らず、彼は放尿を終えるなりムクムクと回復し、すぐにも元の硬さと大きさを取り戻してしまった。

朱里も顔を上げ、もう一度水を掛けて洗うと、最後に消毒するようにチロリと鈴口《すずぐち》を舐めてくれた。

「あう、朱里さんも出して……」

喜助が言って簀《す》の子《こ》に座ると、朱里も目の前に立って、自分から片方の足を浮かせて井戸のふちに乗せ、開いた股間を突き出してくれた。

割れ目に口を付け、舌を挿し入れて膣口を探っていると、すぐにも柔肉が妖《あや》しく蠢き、チョロチョロと熱い流れがほとばしってきた。

味も匂いも控えめで、実に心地よく喉を通過した。喜助は飲み込みながら甘美な悦《よろこ》びに包まれ、美女の出したものを受け入れ続けた。

ようやく流れが治まると、彼は余りの雫《しずく》をすすり、割れ目内部を舐め回した。

「じゃ続きはまたお部屋で……」

朱里が言い、やんわりと彼の顔を股間から離して足を下ろした。

身体を拭いて布団に戻ると、今度は喜助が仰向けになった。

すると朱里が彼の両脚を浮かせ、尻の谷間を舐め回し、ヌルッと潜り込ませてきた。

「あう、気持ちいい……」

喜助は快感に呻き、肛門でキュッキュッと美女の舌先を締め付けて味わった。

朱里は長い舌を出し入れさせるように動かし、何やら彼は美女に犯されている気分になった。

やがて舌が引き抜かれ脚が下ろされると、朱里はふぐりを舐め回して睾丸《こうがん》を転がし、熱い息を股間に籠もらせて生温かな唾液にまみれさせた。

さらに前進して肉棒の裏筋を舐め上げ、先端まで来ると粘液の滲む鈴口を舐め回し、そのまま喉の奥までスッポリと呑み込んでいった。

「ああ……」

喜助は快感に喘ぎ、美女の口の中で幹をヒクつかせた。

朱里も幹を丸く締め付けて吸い、熱い鼻息で恥毛をくすぐりながら満遍《まんべん》なく舌をからめてきた。

たちまち彼自身は美女の温かな唾液にまみれ、思わずズンズンと股間を突き上げると、

「ンン……」

朱里は小さく呻きながら自分も顔を上下させ、スポスポと摩擦してくれた。

たちまち喜助が二度目の絶頂を迫らせると、察したように朱里はスポンと口を離し、身を起こして前進してきた。

そして彼の股間に跨《また》がると、濡れた陰戸を先端に当て、ゆっくり腰を沈み込ませてきたのだ。

たちまち彼自身はヌルヌルッと滑らかに根元まで呑み込まれ、

「アア……、いい気持ち……」

朱里が股間を密着させて喘いだ。やはりさっきは尻の穴だったので、今度こそ本格的に快感を得たいのだろう。

喜助も肉襞の摩擦と潤い、温もりと締め付けに包まれながら、両手を伸ばして抱き寄せると、彼女も身を重ねてきた。

下からしがみつき、両膝を立てて豊満な尻を支えると、朱里が上からピッタリと唇を重ねてきた。

舌が潜り込んで蠢き、喜助もチロチロとからめながら美女の唾液をすすり、うっとりと喉を潤した。

やがて朱里が徐々に腰を動かしはじめると、彼も股間を突き上げ、溢れる淫水でたちまち律動がヌラヌラと滑らかになっていった。

「アア……、いきそう……」

口を離して朱里が喘ぐと、熱く湿り気ある白粉臭の吐息が悩ましく彼の鼻腔を刺激してきた。

喜助も激しく高まって勢いよく股間を突き上げると、膣内は艶めかしい収縮で応え、彼女は豊かな乳房を激しく彼の胸に押しつけた。

「唾《つば》を飲ませて……」

囁《ささや》くと、朱里も白っぽく小泡の多い唾液をトロトロと吐き出してくれ、彼はうっとりと味わって喉を潤した。

ピチャクチャと淫らな摩擦音が響くと、たちまち朱里の全身はガクガクと狂おしく痙攣しはじめた。

やはり膣で気を遣るのが最高なのだろう。むしろさっきまでは前戯で、今初めて大きな絶頂を得たようだった。

「い、いく……。アアーッ……！」

朱里が声を上ずらせ、収縮と潤いを増すと、それに巻き込まれるように彼も激しく昇り詰めてしまった。

「く……、気持ちいい……！」

喜助は口走り、ありったけの熱い精汁をドクンドクンとほとばしらせた。

「あう、いい……」

噴出を感じた朱里が駄目押しの快感に呻き、彼も快感を嚙み締めながら、心置きなく最後の一滴まで出し尽くしていった。

すっかり満足しながら徐々に突き上げを弱めていくと、

「アア……」

朱里も声を洩らし、熟れ肌の強《こわ》ばりを解いてグッタリともたれかかってきた。

まだ膣内は名残惜《なごりお》しげな収縮を繰り返し、中でヒクヒクと幹が過敏に跳ね上がった。

そして喜助は美女の重みと温もりを受け止め、熱くかぐわしい吐息を嗅ぎながら、うっとりと快感の余韻に浸り込んでいったのだった。

「明日、賀夜様が茜と江戸見物をするそうです。良ければご一緒に」

朱里が呼吸を整えながら囁くと、

「ええ、では」

喜助も頷き、やがて彼女も身を離していったのだった。

そして二人でもう一度水を浴びて身体を拭くと、身繕《みづくろ》いをした。

一緒に家を出ると、朱里は満足げに辞儀をして藩邸へ帰ってゆき、それを見送った喜助も帰途に就《つ》いたのだった。

三

「あれえ、てめえこないだの……」

喜助が心気堂に向かっていると、いきなり頬に傷のある破落戸《ごろつき》風の男が彼を睨《にら》んで言った。

その顔に見覚えがあり、どうやら板橋で叩きのめした一人のようだ。

右手を懐手《ふところで》にしているが、匕首《あいくち》でも持っているのではなく、肩が落ちているから右腕は使いものにならなくなったのだろう。

それでも、比較的怪我の軽い方らしく、男は他の破落戸を二人引き連れているので、駒を頼って訪ねて来たのかも知れない。

そういえば、ここは西京屋の近くである。

「間違いねえ、こいつだ」

「なに、お前こんな弱そうな奴に腕を折られたのか」

男が怯《おび》えたように言うと、二人の大柄な破落戸が苦笑して言い、喜助に迫ってきた。

「おい小僧、こいつみてえに腕をへし折ってやるぜ」

髭面《ひげづら》の大男が言い、喜助に摑《つか》みかかってきた。

周囲に人はなく、堀端の裏通りである。

もちろん喜助は怯《ひる》みもせず、伸ばしてきたその腕を摑んで逆に折り曲げた。

「ぐわーッ……！」

ごきりと鈍い音がして大男が絶叫すると、もう一人も飛びかかってきた。

喜助は、そちらの利き腕も容赦《ようしゃ》なくへし折り、二人同時に軽々と頭上に持ち上げ、勢いよく堀へ投げ込んでいた。

二人は喚《わめ》きながら弧を描き、激しい水音を立てた。

「ひ、ひえーッ……！」

それを見た傷のある男が怯えて声を震わせ、そのまま脱兎《だっと》の如く一目散に逃げていったのだった。

投げ込まれた二人は苦悶《くもん》しながら折れた腕で懸命に水を搔き、やっとの思いで岸まで辿《たど》り着いたようだ。

それを見届けると、喜助は何事もなかったように再び歩き出した。

「惚《ほ》れぼれするねえ」

と、声がしたので振り返ると、いつから見ていたのか駒が笑みを含んで立っていたのだ。

「信じられないよ。その身体つきで大男の二人を持ち上げるなんて」

丸髷《まるまげ》にお歯黒の新造《しんぞ》姿だが、声と言葉は婀娜《あだ》っぽい女頭目だ。

「情交の匂いがするよ。あたしともして」

駒が彼に迫って言う。

今日は店も手伝わず、赤ん坊も子守女に任せているのだろう。

まだ日暮れには間があるし、喜助も駒を見た途端に新たな淫気を湧き起こしてしまった。

元より力が宿っているから、際限なく出来そうである。

その気になって駒に従うと、彼女は西京屋の脇に入り、裏にある離れへと入っていった。

喜助も上がり込むと、すぐにも駒は床を敷き延べ、帯を解きはじめた。

彼も手早く全裸になり、甘い匂いの沁み付いた布団にピンピンに勃起して仰向けになった。

「誰としてきたのさ」

「お駒さんの知らない人だよ」

「ふん、どうせ田代藩の誰かだろうさ」

駒が言うので、恐らく喜助のあとでも付けたことがあるのだろう。

彼は答えず、たちまち一糸《いっし》まとわぬ姿になった駒の肢体を眺めた。

「顔に足を乗せて」

近づく駒に言うと、彼女もすぐに、

「いいよ、こうかい？」

言いながら喜助の顔の横に立ち、足を浮かせてそっと乗せてきた。

さすがに素破らしく、片方の足を上げてもよろけず、壁に手を突くこともしなかった。

喜助は顔中に美女の足裏を受け止め、舌を這わせながら見上げると、すでに陰戸からはトロトロと淫水が溢れ、割れ目と内腿の間に粘液が糸を引いていた。

汗と脂に湿った指の股に鼻を押しつけて嗅ぐと、蒸れた匂いが濃く沁み付いて悩ましく鼻腔が刺激された。

やはり気品のある朱里と違い、駒は野趣溢れる匂いをさせていた。

彼は充分に嗅いでから爪先にしゃぶり付き、指の股に舌を割り込ませた。

「あう。くすぐったくて、いい気持ち……」

駒が淫気を高めたように低く囁き、喜助がしゃぶり尽くすと、言われる前に自分から足を交代した。

彼が新鮮な味と匂いを貪り、ようやく口を離すと、駒は彼の顔に跨がり、厠《かわや》に入るようにしゃがみ込んでくれた。

脚がムッチリと量感を増して張り詰め、濡れた陰戸が鼻先に迫った。

僅《わず》かにはみ出した陰唇からは、大きく光沢あるオサネが愛撫を待つようにツンと突き立っている。

喜助も彼女の腰を抱き寄せ、茂みに鼻を埋め込んで、ムレムレになった汗とゆばりの匂いに噎《む》せ返りながら舌を挿し入れていった。

淡い酸味のヌメリをすすり、息づく膣口から大きなオサネまでゆっくり舐め上げていくと、

「アア、いい気持ち……」

駒が熱く喘ぎ、キュッと股間を彼の顔に押しつけてきた。

喜助は心地よい窒息感に包まれながら匂いを貪り、オサネに吸い付いては湧き出す淫水をすすった。

「ここも……」

駒が言って前進し、自ら尻を指で広げながら谷間を彼の鼻に押しつけてきた。

枇杷《びわ》の先のように突き出た蕾に籠もる、生々しく蒸れた匂いを嗅いでから舌を這わせ、ヌルッと潜り込ませて滑らかな粘膜を探ると、

「あう……」

駒が呻き、キュッときつく肛門で舌先を締め付けた。

喜助が舌を蠢かせると、やがて満足したように駒が股間を引き離し、彼の股間に顔を寄せてきた。

「すごい、したばかりだろうに何度でも出来そうだね」

駒が熱い息で言い、先端にしゃぶり付いてスッポリ呑み込んでいった。

「ああ……」

喉の奥まで呑み込まれ、彼は快感に喘いだ。

駒も幹を締め付けて吸い、舌をからめてからスポスポと摩擦した。

すでに朱里相手に二回射精しているので、暴発の心配もなく快感を受け止めた。

駒はたっぷりと唾液にまみれさせると身を起こし、前進して跨がってきた。

もう余計な愛撫より、早く一つになりたいのだろう。

唾液に濡れた先端に陰戸を押しつけ、一気にヌルヌルッと受け入れ、完全に座り込んでいった。

「アア……、いい……」

駒が顔を仰け反らせて喘ぎ、密着した股間をグリグリ擦りつけてきた。

喜助も温もりと感触を味わいながら彼女を抱き寄せ、また乳汁の雫が滲んでいる乳首に吸い付いた。

唇に挟んで強く吸うと、生ぬるく薄甘い乳汁が舌を濡らしてきた。

彼は夢中になって吸い、うっとりと喉を潤すと、

「もうそろそろ出なくなるよ。今日あたりでおしまいかも」

駒が言い、分泌を促すように自ら乳房を揉みしだいた。

喜助は左右の乳首を含んで吸い、甘ったるい匂いで胸を満たした。

確かに出が悪くなり、もう絞っても滴《したた》らないだろう。

彼は充分に両の乳首と乳汁を味わい、腋の下にも鼻を埋め込んだ。色っぽい腋毛には甘ったるい濃厚な汗の匂いが沁み付き、彼は貪るように嗅ぎながらズンズ

ンと股間を突き動かしはじめた。

すると駒も動きを合わせながら、上からピッタリと唇を重ね、舌をからめてきた。そして彼が好むのを知っているから、多めにトロトロと唾液を注いでくれたのだ。

喜助はうっとりと味わい、生温かく小泡の多い粘液で喉を潤した。

「アア、すぐいきそう……。もっと味わいたいのに……」

彼の唾液を吸収しながら駒が喘ぎ、格段に淫水の量が増すと動きに合わせて、クチュクチュと淫らな摩擦音を響かせた。

彼も突き上げを強め、美女の喘ぐ口に鼻を押し込んで息を嗅いだ。

熱く甘い花粉臭の刺激に、ほんのり金臭い匂いが混じっているのはお歯黒の成分だろう。

「い、いっちゃう……。アアーッ……！」

たちまち駒が声を上ずらせて喘ぎ、収縮を強めながらガクガクと狂おしい痙攣を開始して気を遣った。

同時に彼も収縮に巻き込まれ、激しく昇り詰めてしまった。

「く……、気持ちいい……」

喜助は快感に呻き、ありったけの精汁を勢いよく放った。やはり相手が変わると、快感も新鮮に感じられるようだ。

「アア、なんていい……」

駒は徐々に動きを弱め、キュッキュッと彼自身を締め上げて貪欲に精汁を吸い取った。

やがて出し切った彼も、すっかり満足しながら動きを弱め、内部で過敏に幹を震わせた。そして濃厚な花粉臭の吐息を嗅ぎながら、うっとりと快感の余韻を噛み締めたのだった。

四

「あんたの薬のおかげで、うちの旦那《だんな》はすっかり元気になっちまったよ」

井戸端で身体を洗い流してから座敷に戻り、二人で身繕いしながら駒が喜助に言う。

少々恨めしげな物言いなのは、旦那を死なせて店を乗っ取ろうとでもしていたのだろう。

「疝気《せんき》が治ったばかりじゃなく淫気も回復して、休む暇もないくらいさ。でも、やはり若いあんたの足元にも及ばないけどね」

「さっきの破落戸は、また何か企みを持ってきたんですか」

喜助も着物を着ながら言った。

「ああ、盗みをしたいんだろうけど、あたしはやる気がなくなっちまった。あんたが組んでくれるなら何でもするけどさ」

「それは御免ですね。じゃ」

喜助は言って離れを出た。

もう駒は何も言わず見送り、彼も日が傾く頃に心気堂に戻っていった。

すると加奈が夕餉《ゆうげ》の仕度をしていて、七兵衛は出かけるようだった。

「おお、ちょうど良かった。急な寄り合いでな、今夜は遅くなる」

彼が言い、戸口で草履《ぞうり》を履《は》いた。

「回復したお得意たちが礼で料理茶屋に呼んでくれたんだ。お前も連れて行って皆に紹介したいのだが、せっかく加奈が夕餉を作ってくれたからな」

「分かりました。行ってらっしゃい。それから明日もまた朝から出かけます。賀夜様が江戸見物をするようなので付き添いを」

「ああ、構わんよ。田代藩は一番のお得意だ。それに薬も売るほど作っておいたから、お前もゆっくり見て回るといい」

そう言い、七兵衛は出かけていった。

加奈と二人きりになると、すぐにも喜助は淫気を催《もよお》してしまった。

「一緒に食べよう。暗くなったら送っていくから」

「ええ、今日は最初からこちらで夕餉を頂くと家に言ってありますので」

言うと加奈が答えた。

どうやら彼女の両親も七兵衛の行く料理茶屋へ出向くらしく、奉公人たちも羽根を伸ばしたいだろうから加奈はこちらで夕餉を済ませるつもりらしい。

やがて膳が揃うと、二人は何やら所帯でも持ったように、差し向かいで食事をした。

「加奈ちゃんの料理はいつも旨《うま》いよ」

言うと彼女は嬉《うれ》しげに笑みを浮かべたが、

「きっといいお嫁さんになるだろうね」

喜助の言葉に顔を曇らせた。

「どうした？」

「うちの番頭で、小吉《こきち》という人との縁談がまとまりそうなんです」

訊《き》くと、加奈が箸《はし》を止めて答えた。

「そうか、どんなひと？」

「三つ年上で、頼りになる働き者だけど、私が小さい頃からよく知っている人だから」

長く同じ屋根の下で寝起きしてきたから兄妹のようで、どうやら男女の仲になるのはしっくりこないようだ。

「そう、その人は加奈ちゃんを好いているんだろう？」

「ええ、そのようだし、おとっつぁんも良い男だからって」

「良い人ならすぐ慣れるし、子が出来れば忙しくなるよ」

「はい……」

彼女が頷き、二人は食事を再開させた。

そうなると、いつまでも加奈がここへ手伝いに来るわけにいかないだろう。

七兵衛も、あるいはそれも見越して喜助の嫁探しをしているのだろう。

やがて夕餉を終えると、加奈が手早く後片付けをした。

もちろん喜助は自分の部屋に床を敷き延べ、洗い物を済ませた加奈を呼んで招き入れた。

今日はすでに朱里と二回、しかも前後の穴に射精しているし、さらに駒とも一回しているが、淫気はいくらでも湧いてくる。

あるいは相手さえ変われば、仙界の力などなくても出来るものかも知れない。

敷かれた布団を見て、加奈もすっかりその気になったように目をキラキラさせている。

「婿《むこ》を取ったら、最初は生娘《きむすめ》のふりをするんだよ」

「ええ、大丈夫です」

言うと、加奈もすでに彼の力を宿しているから頼もしげに頷いた。

元より奉公人から入り婿になるのだから、小吉もそうそう加奈が生娘かどうかなど気にしないだろう。

「じゃ脱ごうね」

喜助は言い、自分から脱ぎはじめると、加奈もモジモジと帯を解きはじめた。

いかに快感を分かち合おうとも、彼女はいつまでも生娘のような初々《ういうい》しさを残している。

彼は今日初めて女に触れるかのような気分で、期待と興奮に激しく勃起した。

互いに全裸になると、彼は加奈を布団に横たえて覆《おお》いかぶさり、

「ああ、可愛い……」

可憐《かれん》な顔を愛《め》でてから、上からピッタリと唇を重ねていった。

唇が密着すると心地よい弾力と唾液の湿り気が伝わり、加奈が長い睫毛《まつげ》を伏せて息を弾ませた。

舌を挿し入れ、滑らかな歯並びを舐めると歯が開かれ、彼はネットリと舌をからめていった。

「ンン……」

加奈が心地よさそうに呻き、熱い息で彼の鼻腔を湿らせた。

生温かく清らかな唾液を味わって舌を舐め、張りのある乳房に手を這わせ、指で乳首を探ると、

「アア……、いい気持ち……」

加奈は口を離して喘ぎ、吐息に含まれた桃の匂いが艶めかしく喜助の鼻腔を刺激してきた。何を食べても、彼女の吐息は甘酸っぱく可憐な桃の芳香がするようだ。

喜助は首筋を舐め下り、桃色の乳首を含んで舐め回し、もう片方も念入りに舌

で転がした。

「ああ……、すごく感じます……」

加奈が声を震わせて喘ぐ。初回の挿入から快感を得た彼女は、するごとに開花していくようだった。

喜助は両の乳首を味わい、腋の下にも鼻を埋め、生ぬるく湿った和毛《にこげ》に籠もる濃厚に甘ったるい汗の匂いに酔いしれた。

彼は充分に胸を満たしてから滑らかな肌を舐め下り、愛らしい臍《へそ》を探ると腰から脚を舐め下りていった。

足裏を舐めると、

「ああ……、駄目です……」

そこだけは苦手らしく、加奈がクネクネと腰をよじって喘いだ。

喜助は指に鼻を割り込ませ、濃厚に蒸れた匂いを貪り、爪先にしゃぶり付いて汗と脂に湿った指の股を舐め回した。

「あう……、汚いのに……」

加奈が声を震わせた。彼の知る他の女は素破たちやお嬢様なので、加奈が最も羞恥の反応が激しくて新鮮だった。

両足とも味と匂いを貪り尽くすと、彼は加奈の股を開かせて脚の内側を舐め上げていった。ムッチリと張りのある内腿をたどり、熱気の籠もる陰戸に迫ると、そこは蜜汁が大洪水になっていた。

淡い恥毛に鼻を擦りつけて嗅ぐと、蒸れた汗とゆばりの匂いが悩ましく鼻腔を掻き回し、柔肉を舐め回すと淡い酸味のヌメリが舌の動きをヌラヌラと滑らかにさせた。

快感を覚えたばかりの膣口をクチュクチュ舐め、ヌメリを掬《すく》い取りながら小粒のオサネまで舐め上げていくと、

「アアッ……！」

加奈がビクッと顔を仰け反らせて喘ぎ、内腿できつく彼の顔を挟み付けた。

チロチロと小刻みにオサネを舐めると、加奈は今にも果てそうなほど身悶《みもだ》え、熱い息遣《いきづか》いを繰り返した。

さらに彼は加奈の両脚を浮かせ、尻の谷間に閉じられた薄桃色の蕾に鼻を埋め込んで蒸れた匂いを貪った。舌を這わせて襞を濡らし、ヌルッと潜り込ませて粘膜を味わうと、

「あう……、駄目……」

加奈が呻き、肛門で舌先を締め付けた。爪先と同じぐらい苦手な場所なのだろうが、淫水の量は増してきたようだ。

喜助は甘苦い粘膜を舐め回し、脚を下ろして再び濡れた陰戸に舌を戻した。大量のヌメリを舐め取り、オサネに吸い付くと、

「ああ、どうか早く……」

加奈が挿入をせがんできた。彼も顔を上げて前進し、加奈の胸に跨がった。

「入れる前に舐めて濡らしてね」

言って前屈みになり、急角度にそそり立った幹に指を添えると、下向きにさせて先端を彼女の鼻先に突き付けた。

加奈もすぐチロチロと鈴口に舌を這わせ、張り詰めた亀頭にしゃぶり付いてきた。そのまま彼が喉の奥まで押し込んでいくと、

「ンン……」

加奈が小さく呻き、スッポリと呑み込んで吸い付いてくれた。

熱い鼻息が恥毛をそよがせ、口の中ではクチュクチュと舌がからみついて肉棒を濡らした。

喜助は何度か出し入れさせ、口の摩擦にすっかり高まるとスポンと引き抜き、

彼女の股間に戻っていった。

仰向けの加奈を大股開きにさせて股間を進め、先端を濡れた陰戸に擦りつけ、位置を定めて感触を味わいながらゆっくり挿入していった。

「アア……！」

ヌルヌルッと根元まで嵌め込むと、加奈が目を閉じて喘ぎ、下から両手を伸ばしてきた。

喜助も脚を伸ばして身を重ねると、彼女が激しくしがみつき、味わうようにキュッキュッと膣内を締め付けた。

彼は温もりと感触を味わい、顔を寄せて甘酸っぱい吐息を嗅ぎながら、ズンズンと腰を突き動かしはじめた。

「ああ、すごい。いきそう……」

初回のような痛みもなく、加奈は最初から感じているように喘いで、下からも股間を突き上げてきた。

互いの動きが一致するとクチュクチュと音がして、彼も遠慮なく股間をぶつけるように動いていった。

たちまち絶頂が迫り、そのまま喜助は昇り詰め、大きな絶頂の快感を全身に受け止めた。

「く……！」

短く呻きながら、ドクンドクンと熱い精汁を注入すると、

「あ、熱いわ、気持ちいい……。アアーッ……！」

噴出を受け止めた途端に加奈も声を上げ、一人前にガクガクと狂おしい痙攣を開始して激しく気を遣ってしまった。

喜助は快感を味わい、最後の一滴まで出し尽くすと満足げに動きを弱めた。

そして覆いかぶさって桃の匂いの濃厚な吐息で鼻腔を満たしながら、うっとりと快感の余韻に浸り込んでいったのだった。

五

「お前の嫁は、まだまだ見つからんなあ」

翌朝、七兵衛が朝餉を囲みながら喜助に言った。

昨夜は遅くに酔って上機嫌で帰宅し、すぐ寝てしまったのだ。

もちろん七兵衛の帰宅前に、喜助は加奈を八百七まで送って戻っていた。

七兵衛は昨夕の商家の寄り合いで、めぼしい相手を探ったようだが、なかなか良い娘がいなかったらしい。

「そうですか。でもそう急がなくてもいいです」

「ああ、この界隈《かいわい》で年頃の器量よしは出払っている。もっとも大店《おおだな》の連中《れんちゅう》は、お前の噂《うわさ》を聞いて残念がっていた。そんな良い男がいるなら、娘を早々と嫁がせなければ良かったと言ってな」

「はあ」

「今度は町内だけでなく、もう少し広く探してみようと思う」

七兵衛は言って、浅蜊《あさり》の味噌汁をすすったが、ふと思い立ったように立って、すぐ戻ってきた。

「そうそう、喜兵衛さんから手紙が届いていた」

そう言い、国許からの手紙を差し出してきた。

そういえば喜助は江戸に来てすぐ、無事に着いたと喜兵衛に手紙を出していたのである。もちろん危機を救ってくれた、仙界の竜骨の効果が絶大だったことも報告していた。

喜兵衛の手紙を開いて読むと、あまり仙界の力をひけらかさぬようにと書かれていた。喜兵衛自身も、竜骨を飲んでいただろうから、喜助の様子が手に取るように分かるのだろう。

確かに喜兵衛も、長生きで矍鑠《かくしゃく》としているが、今まで薬作り以外には神秘の力を使ってこなかったのだろう。

だからこそ越中屋が大きくなったのだし、田舎では力を発揮するほどの悶着《もんちゃく》も起きなかったに違いない。

とにかく、これで仙界の竜骨は全てなくなり、喜兵衛も安心して余生を送ることだろう。喜助の兄や親たちは、秘薬のことも知らぬまま平凡な暮らしを続けるのである。

喜助はあらためて、喜兵衛に選ばれたことを嬉しく思った。

「ああ、返事を書くなら、正式に心気堂の跡取りになると書き添えてくれ」

「分かりました」

喜助は答え、やがて七兵衛と朝餉を済ませた。

洗い物をすると喜助は手紙を書いてから着替え、心気堂を出て飛脚に手紙を託してから、田代藩の上屋敷へと行った。

すると、すぐに着飾った賀夜と茜が待ちかねたように出てきたので、喜助も上がらず、そのまま一緒に三人で外へ出た。

「外を歩けるなんて、今まで思ってもみなかったわ」

賀夜が足取りも軽く、楽しげに言った。

並んで歩くわけにもいかないので、武家のお嬢様と侍女を先に行かせ、喜助は少し後から従った。

三人はお堀端まで歩いて、遠くの千代田城《ちよだじょう》を見てから、湯島天神《ゆしまてんじん》まで足を伸ばし、境内《けいだい》で出店や見世物を見て回った。

さすがに賑《にぎ》やかで、賀夜のみならず喜助もあまりの人や色とりどりの幟《のぼり》に目が回るようだった。

境内を出ると、賀夜は小間物屋で小さな巾着袋《きんちゃくぶくろ》を買い、やがて水茶屋の縁台で軽く昼餉を済ませた。

「おう、別嬪《べっぴん》じゃのう。奥へ来て酌《しゃく》をしてくれ」

と、奥から出てきた大男が賀夜と茜を見て言った。

どうやら奥で昼間から酒を飲んでいた町奴《まちやっこ》たちだろう。そういえば奥が騒がしい。

「気安く話しかけるな、下郎《げろう》」

茜が平然と茶を飲みながら凛《りん》として言うと、男は顔を真っ赤にし、気色《けしき》ばんで懐に手をやった。

「な、なにい、この女！」

「話しかけるなと言ったろう、虫ケラめ」

今度は喜助が言ったので、

「こ、この野郎、ただじゃおかねえぜ」

男は逆上して喜助に迫った。賀夜は恐そうに身をすくめているが、それを茜が庇《かば》うように寄り添っていた。

「何だ、どうした」

奥からも、男たちが肩を怒らせて出てきたので、喜助は立ち上がった。

茜は全く心配せず、ただ賀夜の隣で見ているだけである。

「こいつを叩《たた》っ斬る」

男が言って匕首を抜き放つと、すかさず喜助が懐へ飛び込んで持ち上げ、傍《かたわ》らの池へ投げ込んだのである。

「う、うわーッ……！」

男は匕首を握ったまま宙を舞い、激しい水音を立てていた。

「こ、こいつ……！」

他の二人も匕首を抜き放ち、猛然と喜助に斬りかかってきた。

もちろん喜助は平然と受け流し、次々に抱え上げて容赦なく池へ投げ込んでいた。三人は池の中でもがき、必死に水を掻いて岸にしがみついた。匕首はみな水の底に落としてしまったようだ。

「恐ろしく強《つえ》え……。まるで熊退治の金太郎だ」

「どこの誰なんだ……」

見ていた他の人々が口々に言い、水茶屋の主人まで喝采《かっさい》の声を上げた。どうやら三人は界隈の嫌われ者だったのだろう。

「これで酔いも醒めるでしょう」

喜助は縁台に戻って言い、余りの茶を飲み干した。

「ご苦労様」

茜が平然と言い、三人分の金を置いて立ち上がった。

賀夜は息を呑んで頬を紅潮させ、熱っぽく喜助を見つめていた。

（ああ、力をひけらかすなと、喜兵衛さんの手紙を読んだばかりだったのに）

喜助は思い、今後は人前で目立つことはすまいと心に誓ったのだった。

「さあ、あまり歩いてお疲れになってはいけません。ゆっくり戻りましょうか」

茜が賀夜に言い、三人は神田に戻り、そして茜の隠れ家に入ったのだ。

賀夜も怪訝《けげん》そうでなく上がり込んだので、どうやら女二人で申し合わせていたのだろう。

喜助は、妖しい期待に胸を高鳴らせていた。

第五章　二人に挟まれて昇天

一

「さあ、脱いで寛《くつろ》ぎましょう」

茜が言い、賀夜の帯を解いていった。賀夜も平然としているので、やはり二人で決めていたことらしい。

「早く、喜助さんも」

茜は自分も脱ぎながら言い、どうやらここで情交に及ぶらしいと喜助も確信して股間を熱くさせた。

（二人を相手に……？）

彼は驚いたが、二人は本気らしい。賀夜は期待と興奮で黙りがちになっているが、淫気が湧き上がっている様子が伝わってきた。

賀夜は茜を頼り切っているし、あるいは二人で一緒に喜助を賞味したいというようなことを、どちらかが言い出したのだろう。

喜助も帯を解き、下帯《したおび》まで脱ぎ去って全裸になると、先に布団に横になり、脱いでゆく二人を見て激しく勃起した。

ためらいなく二人も全て脱ぎ去り、生ぬるく甘ったるい匂いを漂わせながら一《いっ》糸《し》まとわぬ姿で彼に迫ってきた。

「わあ、夢の中にいるようだわ……」

賀夜が興奮に声を震わせ、茜と一緒に喜助を左右から挟み付けてきた。

「じっとしててね」

茜が言うなり屈《かが》み込んで、彼の左の乳首にチュッと吸い付いてきた。すると賀夜も、もう片方の乳首を吸い、チロチロと舌を這わせてきたのである。

「あう……」

同時に両の乳首を舐められ、喜助はビクリと反応して呻《うめ》きながら、男でも乳首が感じるのだということを初めて知った。

二人とも熱い息で肌をくすぐりながら、念入りに舌を這わせた。彼の汗を味わい、力を吸収しているかのようだ。

「嚙んで……」

喜助はクネクネ悶《もだ》えながら、さらなる刺激を求めて言った。

すると二人も綺麗な歯並びで、同時に左右の乳首をキュッと嚙んでくれた。

「あう、もっと強く……」

彼が甘美な刺激に呻いて言うと、二人も咀嚼《そしやく》するようにキュッキュッと歯を立てた。

そして二人は肌を舐め下り、脇腹にも歯を食い込ませてくれたのだ。

さらに腰から脚を舐め下り、何やら喜助は二人の美女に食べられていくような興奮に包まれた。

何と二人は、脚を舐め下りると彼の足裏を貪《むさぼ》り、左右同時に爪先にまでしゃぶり付き、指の股に舌を割り込ませてきたのだ。

「く……。いいよ、そんなこと……」

喜助は妖《あや》しい快感に呻き、申し訳ない気持ちで言ったが、二人は彼を悦《よろこ》ばせるためではなく、体液や匂いを吸収しているようだ。

やがて二人は彼を大股開きにさせ、脚の内側を舐め上げ、内腿にも歯を立ててくれた。そして股間に近づくと二人は頰を寄せ合い、混じり合った熱い息を股間に籠もらせた。

するとが彼の両脚を浮かせ、まず尻の谷間に舌を這わせた。

賀夜も割り込むように舐め回すと、二人は交互にチロチロと肛門を舐めて濡らし、順々にヌルッと潜り込ませてきたのである。

「あう、すごい……」

喜助は呻き、まずは茜の舌先を肛門で締め付け、交代すると賀夜の舌をモグモグと味わった。立て続けに繰り返されると、もうどちらの舌を感じているのか分からなくなった。

ようやく脚が下ろされると、二人はまた顔を寄せ合い、同時にふぐりにしゃぶり付き、それぞれの睾丸《こうがん》を舌で転がした。

「アア……」

彼は熱く喘《あえ》ぎ、時にチュッと吸われるたびビクリと腰を浮かせて反り返った。

袋全体を二人分の唾液で生温かく濡らすと、いよいよ二人は前進し、肉棒の裏側と側面をゆっくり舐め上げてきた。

もう女同士の舌が触れ合っても、一向に気にならないように、滑《なめ》らかな舌が一緒に先端まで辿《たど》り着いた。

粘液の滲《にじ》む鈴口《すずぐち》がペロペロと二人に舐められ、また交互にスッポリと含み、吸い付いてはチュパッと離して交代した。

たちまち彼自身は二人分の唾液にまみれて震え、急激に絶頂が迫ってきた。

茜は深々と呑み込んで吸い付き、舌をからめては賀夜と交代し、賀夜はたまに歯が当たるがその刺激も心地よかった。

元より仙界の力を宿しているから、強く嚙まれても大丈夫なのかも知れない。もちろん恐いので試しはしないが。

「い、いきそう……」

すっかり高まった喜助が警告を発したが、二人は愛撫を続行しているので、どうやら手はじめに二人で力を秘めた精汁を飲み込みたいらしい。

それならと喜助も身を投げ出し、我慢せず素直に快感を受け止めはじめた。

二人は喉の奥まで含んでは顔を上下させ、スポスポと強烈な摩擦を交互に繰り返していた。

たちまち彼は、大きな絶頂の快感に全身を貫かれてしまった。

「い、いく……。アアッ……！」

昇り詰めて声を上げ、熱い大量の精汁をドクンドクンと勢いよくほとばしらせ

ると、

「ンンッ……！」

ちょうど含んでいた賀夜が喉の奥を直撃されて呻き、すぐに口を引き離した。

すかさず茜がパクッとくわえ、余りをチューッと吸い出してくれた。

「あうう……、気持ちいい……」

吸引されると、脈打つ感覚が無視され、何やらふぐりから直《じか》に吸い出されているようだった。彼は魂《たましい》まで抜かれそうな気持ちで呻き、最後の一滴まで出し尽くしていった。

ようやく茜も動きを止め、亀頭を含んだままコクンと飲み干して口を離した。

そして指で幹をしごきながら、鈴口に膨《ふく》らむ余りの雫まで二人でチロチロと舐め取ってくれたのだ。

もちろん賀夜も、最初に飛び込んだ濃厚な第一撃は飲み込んでいた。

「く……。も、もういい……」

喜助は呻き、過敏に幹をヒクつかせながら降参するように腰をよじった。

二人も舌を引っ込めて顔を上げ、美味《おい》しかったね、とでも言うように顔を見合わせ、チロリと舌なめずりをした。

喜助は身を投げ出し、余韻の中で荒い息遣《いきづか》いを繰り返した。

「じゃ、元気になるまで今度は私たちを舐めて下さいね」

茜が言うので、

「あ、足の裏から……」

彼はすぐにもせがみ、休む暇もなく回復しそうになっていった。

すると二人は一緒に立ち上がり、彼の顔の左右にスックと立った。

真下から見上げる美女二人の姿は、何とも艶《なま》めかしく、また圧倒されるほどに壮観だった。

二人は身体を支え合い、それぞれ片方の足を浮かせると、ためらいなく彼の顔にそっと乗せてくれた。

「アア、変な気持ち。恩人の顔を踏むなんて……」

賀夜は声を震わせたが、彼が足裏を舐め回すとガクガクと膝を震わせ、見上げる陰戸《はと》から熱い蜜汁を溢《あふ》れさせた。

彼は二人の足裏に舌を這わせ、それぞれの指に鼻を割り込ませて嗅《か》いだ。

どちらも朝から歩き回っているから、ムレムレの匂いが濃厚に沁み付き、指の股は汗と脂《あぶら》にジットリ湿っていた。

喜助は二人分の蒸《む》れた匂いに酔いしれ、順々に爪先にしゃぶり付くと舌を潜り込ませて味わった。

「あん、くすぐったいわ……」

賀夜が喘ぎ、よろけそうになって茜にしがみついた。

やがて足を交代してもらうと、彼は新鮮な味と匂いを二人分貪り尽くしたのだった。

「顔に跨《また》がって……」

口を離した喜助が真下から言うと、やはり姉貴分の茜が先に跨がり、厠《かわや》に入ったようにしゃがみ込んできた。

脹《ふく》ら脛《はぎ》と内腿がムッチリと張り詰めて量感を増し、すでに濡れている割れ目が鼻先に迫った。

喜助が腰を抱き寄せ、柔らかな恥毛に鼻を埋《うず》め込んで嗅ぐと、汗とゆばりの蒸れた匂いが悩ましく鼻腔《びこう》を刺激してきた。嗅ぎながら舌を這わせ、濡れた膣口を掻き回し、オサネまで舐め上げていくと、

「アアッ……」

茜が熱く喘ぎ、そんな様子を賀夜が覗《のぞ》き込んでいた。

彼はオサネを舐めては溢れる淫水をすすり、尻の真下にも潜り込んで顔中に双丘を受け止めた。可憐《かれん》な蕾《つぼみ》に籠もる生々しく蒸れた匂いを貪り、舌を這わせてヌルッと潜り込ませた。

そして微妙に甘苦く滑らかな粘膜を探っていると、茜は肛門でキュッキュッと舌先を締め付けてから、やがて股間を引き離していった。

二

「どうか、賀夜様にも……」

茜が言って場所を空けたので、ためらいなく賀夜も喜助の顔に跨がり、しゃがみ込んで濡れた陰戸を迫らせてきた。

こちらも茜に負けないほど蜜汁が溢れ、熱気と湿り気が籠もっていた。

若草に鼻を埋め、やはり蒸れた汗とゆばりの匂いを貪ってから舌を這わせ、淡い酸味の蜜汁をすすった。

膣口の襞を掻き回し、小粒のオサネまで舐め上げていくと、

「あう、いい気持ち……」

賀夜が熱く呻き、思わずキュッと座り込んできた。

喜助は味と匂いを充分に堪能してから、同じように尻の真下に潜り込み、下から双丘に鼻と口を密着させ、秘めやかな匂いを嗅いでから舌を這わせた。

すると茜が、すっかりピンピンに回復している一物《いちもつ》にしゃぶり付き、たっぷりと唾液にまみれさせてきたのだ。

そして茜は身を起こして跨がり、陰戸を先端に当てると、ゆっくり腰を沈め、ヌルヌルッと受け入れていったのである。

「く……」

賀夜の尻を舐めながら、喜助は快感に呻いた。

肉襞の摩擦ときつい締め付けに包まれながら、彼自身は根元まで納まり、茜の股間がピッタリと密着してきた。

「アア、いいわ……」

茜が座り込んで喘ぐと、賀夜も彼の顔から股間を引き離し、二人の繋《つな》がった部分を覗き込んできた。

すると茜は何度か腰を上下させてから、ゆっくりと股間を引き離した。

「どうぞ、充分に濡らしておきましたので」

茜に言われ、賀夜も彼の股間に跨がってきた。

そして割れ目を押し当て、ゆっくり一物を受け入れながら座り込んできた。

「アア……、奥まで感じるわ……」

賀夜が根元まで嵌《は》め込んで喘ぎ、キュッときつく締め上げた。

喜助も、茜と微妙に異なる温もりと感触に包まれながら、すっかり回復した幹を内部でヒクヒクと震わせた。

賀夜が身を重ねてくると、彼は膝を立てて尻を支え、添い寝してきた茜の身体も抱き寄せた。

喜助は潜り込むようにして賀夜の乳首を含み、舌で転がしながら顔中で膨らみを味わった。

左右の乳首を味わうと、隣の茜の乳首も順々に吸って舐め回した。

もちろん二人の腋《わき》の下にも鼻を埋め、生ぬるく湿った和毛《にこげ》に籠もる、濃厚に甘ったるい汗の匂いに噎《む》せ返った。

やがて彼がズンズンと股間を突き上げはじめると、

「あう……、いい気持ち……」

賀夜が口走り、収縮と潤《うるお》いを強めながら合わせて腰を遣ってきた。

彼女も最初から快感を得て、次第に動きを速めていった。

喜助は下から二人の顔を引き寄せ、唇を重ねて舌をからめた。

すると賀夜も茜も、厭《いと》わず舌を伸ばして蠢《うごめ》かせたのだ。

何という贅沢《ぜいたく》な快感であろうか。喜助は二人の舌を同時に舐め回し、混じり合った唾液をすすった。

動くうち、互いの接点からクチュクチュと湿った摩擦音が聞こえ、

「アア、いきそう……」

賀夜が口を離して喘いだ。

彼は、二人の口を抱き寄せ、それぞれの甘酸っぱい濃厚な吐息の匂いで鼻腔を満たした。

賀夜は江戸で売っている果実、茜は野山に生《な》っている果実の匂いだ。

その微妙に異なる果実臭が、彼の左右の鼻の穴から鼻腔で混じり合い、うっとりと胸に沁み込んでいった。

「舐めて……」

高まりながらせがむと、二人も舌を出し、彼の鼻から頬、瞼《まぶた》から耳まで舐め回してくれた。

舐めるというより垂らした唾液を舌で塗り付ける感じで、たちまち顔中が混じり合った唾液でヌラヌラとまみれた。

喜助は、二人分の吐息と、唾液の匂いも感じながら股間を突き上げ、たちまち二度目の絶頂に達してしまった。

「い、いく……！」

彼は快感に口走り、ありったけの熱い精汁をドクンドクンと勢いよくほとばしらせた。

「き、気持ちいいわ……。アアーッ……！」

噴出を感じた賀夜が声を上ずらせ、ガクガクと狂おしく全身を痙攣《けいれん》させて激しく気を遣《や》った。

収縮する膣内で駄目押しの快感を得た喜助は、二人分の吐息を嗅ぎながら、心置きなく最後の一滴まで出し尽くしたのだった。

満足しながら突き上げを弱めていくと、

「アア……、溶けてしまいそう……」

賀夜が言い、肌の硬直を解きながら力を抜き、グッタリと身を預けてきた。

喜助はその重みと温もりを受け止め、まだ息づく膣内でヒクヒクと過敏に幹を跳ね上げた。

そして二人分の甘酸っぱい吐息で鼻腔を刺激されながら、うっとりと快感の余韻を味わったのだった。

互いの動きが完全に止まり、荒い息遣いが治まってくると、やがてそろそろと賀夜が身を起こしていった。上から下から彼の精汁を吸収し、さらに顔の色艶《いろつや》が良くなっているようだ。

やがて茜に支えられて賀夜が立ち上がると、喜助も身を起こし、三人で部屋を出て裏の井戸端に行った。

茜が水を汲《く》んで賀夜の股間を洗い流し、喜助も一物を洗ってから簀《す》の子《こ》に座り込んだ。

「両側から肩を跨いで」

言うと二人も素直に彼の両側に立ち、左右の肩に跨がると顔に股間を突き出してくれた。

「出して……」

言うと、二人も心得たように下腹に力を込めて尿意を高めた。

喜助は期待に胸を弾ませ、みたびムクムクと回復してきた。

やはり力を秘めているばかりでなく、相手が二人もいると回復も倍の早さになっているようだ。

「あう、出るわ……」

賀夜が言うと、チョロチョロと割れ目から熱い流れがほとばしってきた。

すると、茜の割れ目からもゆばりが漏れてきたので、どうやら茜は賀夜が出すまで待っていたようだ。

「ああ……」

喜助は喘ぎ、二人分の熱い流れを浴びながら、混じり合った匂いに陶然《とうぜん》となった。そして左右の割れ目に口を付けて流れを味わい、交互に喉を潤した。

どちらも味と匂いは淡く控えめだが、二人分となるとそれなりの刺激が彼を高まらせた。

彼は勢いを増した流れを浴びていたが、やがて出はじめと同じように二人ほぼ同時に流れを治めていった。

彼はそれぞれの割れ目を交互に舐めて余りの雫をすすり、残り香を味わった。

「あう、もう……」

感じすぎるように賀夜が言い、ビクッと股間を引っ込めてしまった。

っていった。

喜助も身を離し、もう一度水を浴びると三人で身体を拭き、家に入り布団に戻っていった。

まだまだ二人の淫気は治まっていないようで、もちろん彼自身もピンピンに回復していた。

そして彼が仰向けになると、二人はすぐにも顔を寄せ合って張り詰めた亀頭をしゃぶり、熱く混じり合った息を股間に籠もらせた。

「ああ、気持ちいい……」

喜助は二人の舌の蠢きと吸引に喘ぎ、二人分の唾液にまみれた幹をヒクヒク震わせて高まった。

「ね、今度は茜さんの中に出して上げて」

賀夜が言うと、茜も彼の股間に跨がり、上から腰を沈めて根元まで受け入れていった。

「アア……」

茜が喘ぎ、すぐにも腰を動かしはじめると、

「じゃ賀夜様は舌でいかせてあげます」

喜助は言って賀夜を顔に跨がらせた。

喜助は、顔と股間に二人の重みと温もりを感じ、ズンズンと股間を突き上げながら賀夜のオサネに吸い付いていった。

しかも賀夜は反対向きに座ったので、茜と向かい合わせになり、二人は互いの乳房をまさぐり合い、ときに女同士で舌もからめて高まった。

喜助も茜の締め付けと摩擦、賀夜の淫水をすすりながら、三人が同時に昇り詰めていくのを感じたのだった。

三

「失礼いたします」

夜半、喜助が寝ようと横になったとき、いきなり朱里の声がし、外から障子が開くと彼女が部屋に入り込んできた。

見ると、何と朱里は柿色《かきいろ》の忍び装束に頭巾《ずきん》を被っているではないか。

七兵衛は今夜も一杯やり、別の部屋で高鼾《たかいびき》である。喜助の秘薬により、七兵衛も元気満々で晩酌《ばんしゃく》を欠かさない。

「まだお休みではありませんでしたか」

った。

彼は答え、素破《すっぱ》本来の衣装に目を見張り、新たな淫気で股間を熱くさせてしまった。

「西京屋を探っておりましたが、やはり夜な夜な駒が出て、何やら企んでいるようです」

朱里が、頭巾を脱いで言う。どうやら茜から聞き、駒が西京屋に住んでいることを知って探っていたのだろう。

「そうですか。また破落戸《ごろつき》を集めているのかな」

「いいえ、もう破落戸は大しておりません。それより町奴《まちやっこ》を煽《あお》り立てているようです。恐らく喜助さんが町奴を痛めつけるところを見ていた駒が、裏で糸を引きはじめたのでしょう。ここもお気をつけて」

朱里が言った。

町奴も人前で恥をかかされ、憤懣《ふんまん》を抱えているだろうから、喜助の素性《すじょう》が分かれば報復に来ることは充分に考えられた。

もちろん喜助に恐れはなく、店と七兵衛だけ守れば良いのだ。

むしろ彼は、目の前の朱里に熱い欲望を抱いてしまった。

「ええ、大丈夫です」

「分かりました。お知らせ有難うございます。充分に気をつけますので。それより、少しだけ構いませんか」

喜助は勃起しながら朱里ににじり寄った。

「昼間お疲れだったでしょうに」

朱里は言い、それでも装束を脱ぎはじめてくれた。

どうやら彼が昼間、茜と賀夜の二人を相手にしたことも知っているようだ。

喜助も帯を解いて手早く寝巻を脱ぎ去り、全裸になって勃起した一物を露《あら》わにした。

朱里が装束の着物と袴《はかま》を脱ぐと、胸にきつく晒《さら》しが巻かれている。

「それは？」

「胸を縛ると汗をかかないのです」

朱里が答え、晒しを解きはじめた。やはり素破は匂いを消すため、様々な工夫をするようだ。

確かに今の彼女は無臭だが、晒しを解いて豊かな乳房を露わにすると、たちまち抑えていた汗が一気に湧き出すように、甘ったるく濃厚な匂いが漂ってきたではないか。

喜助は、一糸まとわぬ姿になった朱里を布団に横たえると、まず足指に鼻を埋め込んで嗅いだ。

「あまり匂わない……」

彼は言い、それでも淡く蒸れた匂いを貪り、爪先にしゃぶり付いていった。

昼間は二十歳《はたち》前の二人を相手にしていたので、四十前の熟れ肌を前にすると新鮮な興奮が湧き上がってきた。

両足とも全ての指の股を味わうと、彼は朱里を大股開きにさせて脚の内側を舐め上げていった。

ムッチリと量感ある内腿をたどり、股間に迫ると陰戸はネットリと熱く濡れはじめていた。やはり受け入れる気になりさえすれば、朱里は濡れることも自在なのだろう。

割れ目に鼻と口を埋め、恥毛の隅々に籠もる熱気を嗅ぐと、淡いが蒸れた汗の匂いが感じられ、舌を這わせてヌメリを味わうたび、徐々に彼女本来の体臭が甦《よみがえ》ってくるようだ。

茜が生まれてきた膣口の襞をクチュクチュと探り、ツンと突き立ったオサネまで舐め上げていくと、

「アア……、いい気持ち……」

朱里もうっとりと声を洩らし、クネクネと熟れ肌を悶えさせはじめた。

さらに彼は朱里の両脚を浮かせ、白く豊満な尻に迫った。

ひっそり閉じられた薄桃色の蕾に鼻を埋めて嗅ぐと、やはり蒸れた匂いが淡く感じられるだけだが、顔中に密着する双丘が心地よい。

舌を這わせて細かな襞を濡らし、ヌルッと潜り込ませて粘膜を味わうと、

「く……」

朱里が呻き、モグモグと肛門で舌先を締め付けた。そう、昨日はここに挿入し射精したのである。

やがて脚を下ろし、再び割れ目に戻ってヌメリをすすり、チュッとオサネに吸い付いていくと、

「あう……、入れて……」

すっかり高まったように朱里がせがんだ。

喜助も身を起こして股間を進め、幹に指を添えると先端を割れ目に擦《こす》りつけて潤いを与えた。

ゆっくり膣口に挿入していくと、あとはヌルヌルッと滑らかに根元まで吸い込

まれてしまった。喜助は股間を密着させて温もりと感触を味わい、脚を伸ばして身を重ねていった。

昼間は茶臼《ちやうす》(女上位)ばかりだったので、豊満で弾力ある熟れ肌に遠慮なく身を預けるのも心地よかった。

「アア……、突いて。強く奥まで……」

朱里が下から彼の背に手を回して喘ぎ、自分からズンズンと股間を突き上げはじめた。しかも両脚まで彼の腰にからめ、律動を促すようにキュッキュッと締め付けてきた。

喜助も腰を突き動かしながら屈み込み、左右の乳首を含んで舐め回しては、顔中で豊かな膨らみと温もりを味わった。

腋の下にも鼻を埋めると、すでに腋毛は生ぬるく湿り、甘ったるい汗の匂いが籠もりはじめていた。

彼は匂いに酔いしれながら次第に動きを速めていったが、まだ早々と果てる気はなかった。

すると、それを察したように朱里も股間の突き上げを止めた。どうやら彼女も気を遣るつもりではなく、まず一つになって高まりたかったのだろう。

「しゃぶらせて……」

朱里に願ってもないことを言われ、喜助も動きを止めて身を起こした。

ヌルリと引き抜いて添い寝していくと、入れ替わりに朱里が身を起こし、彼の股間に陣取って腹這いになった。

喜助が仰向けになると、朱里は彼の両足首を摑んで浮かせ、その足裏に自らの乳房を擦りつけた。

「ああ、気持ちいい……」

彼は、美女の豊乳を踏みつけにするような快感に喘いだ。

足裏にクリクリと乳首が擦られ、足裏全体に柔らかく温かな膨らみが密着して弾んだ。

朱里も充分に乳房で足裏を愛撫してから、そのまま彼の脚を浮かせて屈み込んできた。尻の谷間に舌を這わせ、チロチロと肛門を舐めて濡らすと、ヌルッと潜り込ませた。

「あう……」

喜助は美女の長い舌を受け入れ、締め付けながら快感に呻いた。

朱里も中で舌を蠢かせ、出し入れさせるように動かしてから、ようやく脚を下ろすとふぐりにしゃぶり付いた。

二つの睾丸を舌で念入りに転がしては、袋全体を生温かな唾液に濡らし、さらに前進して肉棒の裏側を舐め上げてきた。

滑らかな舌が先端まで来ると、彼女は粘液の滲む鈴口から、自分の淫水にまみれている亀頭まで構わずしゃぶり付いた。

そのままスッポリと喉の奥まで呑み込むと、幹を締め付けて吸い、口の中ではクチュクチュと舌をからみつけてきた。

「アア……」

喜助が快感に喘ぎ、ズンズンと股間を突き上げると、朱里も顔を上下させ、濡れた口でスポスポと強烈な摩擦を繰り返してくれた。

「い、いきそう……」

すっかり絶頂を迫らせた喜助が言うと、朱里もすぐにスポンと口を離し、身を起こして前進してきた。そして彼の股間に跨がり、先端に割れ目を押し当て、ゆっくり腰を沈み込ませていった。

「ああ……、気持ちいい……」

ヌルヌルッと根元まで嵌まり込むと、喜助はうっとりと喘いだ。

やはり美女を下から仰ぐ茶臼が、彼は最も好きなのである。

朱里も股間を密着させると、身を重ねて彼の肩に腕を回し、豊乳を彼の胸に押しつけてきた。

喜助も両手を回してしがみつき、両膝を立てて豊満な尻を支えると、すぐにもズンズンと股間を突き上げはじめた。

四

「アア……、いいわ。奥まで感じる……」

朱里が熱く喘ぎ、動きを合わせて腰を遣いはじめた。

喜助が肉襞の摩擦に高まりながら、下から唇を求めると、彼女もピッタリと重ね合わせ、長い舌をヌルリと潜り込ませてくれた。

蠢く舌を舐め回し、生温かな唾液を味わいながら、彼は朱里の熱い鼻息で鼻腔を湿らせた。無臭だが、もわっと鼻腔に広がる熱気が何とも心地よい。

股間を突き上げるたび新たな淫水が湧いてピチャクチャと音を立て、溢れた分が彼の尻の方にまで生温かく伝い流れた。

「ああ、いきそう……」

朱里が口を離して喘ぎ、その口に鼻を押し込んで嗅ぐと、ようやく白粉臭《おしろいしゅう》の刺激が悩ましく鼻腔を掻き回してきた。

すると朱里が舌を左右に動かし、彼の鼻の穴をチロチロと舐め回してくれた。

温かな唾液のヌメリと悩ましい匂いに、彼は次第に突き上げを強めた。

口を移動させると、朱里も心得たように唾液を注いで、好きなだけ飲ませてくれた。

あとで聞くと、素破は口の匂いを消すとき大量の唾液を出して口中を洗うらしく、多く分泌する術も心得ているようだった。

喜助は、美女の生温かく小泡の多い唾液でうっとりと喉を潤し、なおもかぐわしい息を嗅ぎながら、たちまち絶頂に達してしまった。

「い、いく……！」

全身を貫く快感に口走り、ありったけの熱い精汁をドクンドクンと勢いよくほとばしらせると、

「い、いい……。アアーッ……！」

噴出を受けた朱里も声を上げ、ガクガクと狂おしく痙攣して気を遣った。

喜助は溶けてしまいそうな快感を心ゆくまで嚙み締め、最後の一滴まで出し尽くしていった。

「ああ……」

すっかり満足して喘ぎ、徐々に突き上げを弱めていくと、朱里も熟れ肌の硬直を解き、力を抜いてグッタリともたれかかってきた。

彼はまだ息づく膣内でヒクヒクと過敏に幹を震わせ、熱く甘い吐息を嗅ぎながら、うっとりと余韻に浸り込んでいった。

互いに完全に動きを止めて重なり、やがて呼吸を整えると、朱里がそろそろと身を起こし、股間を引き離した。

そして懐紙《かいし》で陰戸を拭《ぬぐ》いながら顔を移動させ、淫水と精汁にまみれた亀頭にしゃぶり付き、舌で綺麗にしてくれたのだった。

「あうう、も、もう……」

喜助が腰をよじらせて呻くと、ようやく朱里も口を離してくれた。

起き上がると、水を浴びるのは帰ってからにするらしく、すぐにも朱里は身繕《みづくろ》いをした。

「では」

柿色の忍び装束に戻ると朱里は言って頷《うなず》きかけ、障子を開けて庭に下り、音もなく立ち去っていったのだった。

喜助も少し休んでから身を起こして下帯を着け、寝巻を着て帯を締めた。

そして今日も色々あったと思いながら寝ようとしたが、ふと彼は不穏な気配を感じて起き上がった。

正に、朱里から注意されたことが、すぐにも起きようとしているようだ。

喜助は部屋を出ると縁側から下りて草履《ぞうり》を突っかけ、店を迂回《うかい》して外の通りを窺《うかが》った。

すると足音を忍ばせながらも、大人数の男たちが心気堂に迫ってくるではないか。どうやら町奴たちらしく、中には相撲取《すもうと》りのような大男もいて、巨大な木槌《きづち》を担いでいる。

あるいは店ごと、ぶち壊そうというのかも知れない。

駒の姿はないので、連中を唆《そそのか》しただけなのか。それでも素破だから、屋根からでも様子を窺っているのだろう。

とにかく店を壊されたり、七兵衛に危害を加えられてはいけない。

喜助はスタスタと外に出て、店の前に立ちはだかった。

「て、てめえ、気づきやがったか」

先頭の町奴が言い、スラリと匕首《あいくち》を抜き放った。他の連中も肩を怒らせて喜助を睨《にら》み、半円を描くように取り囲んできた。

総勢七人。誰もがもみあげから顎《あご》まで髭《ひげ》を蓄えている。

そのうち三人ばかりは、昼間池に叩き込んだので見覚えがある。

大男を含む他の四人は、出て来た喜助が小柄で弱そうなため戸惑いが隠せないようだった。

「ほ、本当にこいつなのか？」

「ああ、ためしにかかってみろ」

言われた大男は木槌を横の男に渡すと、喜助を甘く見たか素手でのしのしと迫ってきた。

「仲間を池に叩き込んだのはお前か」

「そうだ。早くかかってこい」

「何だと。そんな口がきけねえようにしてやるぜ」

大男は言い、両手を広げて喜助に摑《つか》みかかってきた。

喜助がその腕を摑んだ瞬間、大男はまるで竜巻に巻き込まれたようにゴオッと土煙を立てて、二階の屋根辺りまで高く宙に舞った。

「な、なに……！」

他の連中が目を丸くし、もがいて落下してくる大男を見た。

「ぐえぇ……！」

地に叩きつけられた大男は奇声を発し、全身を強く打って白目を剝《む》き、そのまま伸びてしまった。

「て、てめえ……！」

他の連中は喚《わめ》きながら、それぞれ抜き放った匕首で喜助に斬《き》りかかってきた。

それを彼は順々に躱《かわ》しては利き腕をへし折り、膝を蹴って砕き、抱え上げて地に叩きつけた。

たちまち四人が苦悶《くもん》して地に転がると、見覚えのある三人が、

「ま、待て……」

すっかり怖《お》じ気づいて後ずさりしはじめた。

「頼む、見逃してくれ……。妙な女が、お前の家を教えてくれたので、つい勢いで来ちまっただけだ……」

一人が声を震わせ、とうとう尻餅《しりもち》を突いた。

　ところが、そこへ呼子《よびこ》が鳴り、どやどやと捕り方が駆け寄ってきたのだ。

「静まれい！」

　先頭の同心が叫んだが、すでに連中は静かになっている。

　どうやら帰り道に連中に気づいた朱里が、隠れ家で手早く着替えて番屋へ報《しら》せたのだろう。

「お前は？」

　同心が喜助に迫って言い、乱れていない寝巻姿を見て首を傾《かし》げた。

「この心気堂の養子で、喜助と申します」

「それで、こいつらは？」

「うちを襲いに来たので、その前にやっつけました」

「お前一人でか……」

　同心は言い、すっかり昏倒《こんとう》している屈強な四人の町奴を見下ろした。周囲には匕首や木槌が転がっているので、どちらが悪者かは一目で分かるだろう。

　残る三人は腰を抜かし、ただ震えるばかりだった。

「この者の申す通りか」

「へ、へえ……」

同心が無傷の三人に詰め寄って訊《き》くと、三人とも短く答え、ただガクガクと小刻みに首肯《しゅこう》した。

「よし、引っ立てい」

同心が言うと、襷掛《たすきが》けで手に手に六尺棒を持った捕り方たちが、七人を縛り上げて立たせた。

「この店の主人は」

「酔って寝ています」

「それは呑気《のんき》な……」

喜助が答えると同心は呆《あき》れて言い、

「では明日にでも話を聞きに来る」

同心が言い、喜助が辞儀をすると一行は七人を引きずるように立ち去っていった。何事かと、周囲の家々の戸が開き様子を見ていたようだが、役人たちが去ると戸を閉めた。

喜助も、捕り方を見送ってから心気堂に戻った。

七兵衛は、何も知らずにまだ鼾をかいている。

（また、力をひけらかしてしまったか……）

喜助は思い、せっかく注意してくれている喜兵衛に済まないと思いつつ、床につくと今度こそぐっすり眠ったのだった。

五

「いやあ、人は見かけによらぬものだなあ。ではこれにて」

朝、昨夜の同心が来て話を聞き、七兵衛と喜助に言って引き上げていった。

すでに朝餉《あさげ》も終えていた。

「そうか、そんなことがあったか。何も知らんかった。まあ逆恨みだが、なるべく気をつけるが良いな」

七兵衛も言い、喜助の淹《い》れた茶を飲んだ。

すると、同心とほとんど入れ違いに、新たな客があった。

戸口に出た喜助が見ると、二十歳ちょっとの凜《りん》とした美形の年増《としま》である。

「私は医師、結城《ゆうき》玄庵の娘で菊乃《きくの》と申しますが、七兵衛様は」

彼女、菊乃が言うと、

「おお、お菊ちゃんか。上がりなさい」

気づいた七兵衛が奥から声を掛けてきた。では、と菊乃も草履を脱いで上がり込み、喜助は彼女の茶も淹れてやった。

「昨夕、父とともに田代藩邸を訪ねました。賀夜様が回復したという噂《うわさ》を聞きましたが、どうにも信じられず、父も何かと忙しかったので昨日になってしまったのですが」

菊乃が、七兵衛と喜助の顔を交互に見ながら言った。

美しいが化粧っ気もなく、気の強そうな顔立ちをしている。どうやら男など目もくれず、医学に勤《いそ》しんで父親の手伝いをしているようだった。

「ほう」

「すると、すっかり良くなってお屋敷へ戻ったというので、そちらも訪ねて賀夜様にお会いしましたが」

菊乃が言う。

してみると、隠れ家で喜助と茜と賀夜の三人で充分に楽しんで、賀夜が屋敷に戻ってからのことだろう。

「うん、それで？」

「別の人を見るように良くなっておりましたが、確かに賀夜様本人でした。父は賀夜様の回復を喜ばねばならないのでしょうが、自分の見立て違いですっかりしょげ返っております」

「うん、そうか、それも仕方がないな。それで、お菊ちゃんは何か不審でも？」

「はい、ご禁制の良からぬ生薬でも使ったのではないかと。いえ、それにしては賀夜様の健《すこ》やかな様子が解《げ》せないのですが」

「なるほど、お菊ちゃんが首を傾げるのもよく分かる」

七兵衛は言い、喜助に目を遣った。

「ここはやはり、有《あ》り体《てい》に話すしかないだろうな。相手は素人《しろうと》の患者ではないからごまかしも効かん。でなければ、医術に励んでいるお菊ちゃんも玄庵先生も納得すまい」

「打ち明けて構わないのですか」

訊かれて、喜助は言った。

「ああ、うちと結城家は昔から親しい。信じるかどうかは別として、他言されるようなことはないだろう」

「では、やはり何か秘密があるのですね……」

二人の会話に、菊乃が身を乗り出して言った。

「儂《わし》はこれから玄庵先生に会って話してくる。喜助は、お菊ちゃんに話して分かってもらえ」

七兵が腰を浮かせ、意味ありげな眼差《まなざ》しで喜助に言った。話すばかりでなく、身をもって納得させせろと言っているようである。

「分かりました」

「では儂は出かける。昼には帰るからな。ああ、今日は加奈は来ない」

七兵衛は念を押すように言うと、戸口から出ていってしまった。

それを見送り、二人きりになると菊乃は居住まいを正して喜助に向き直った。

「喜助さん、ですね？　では、お話し下さいませ」

「はい、私は越中の薬種問屋の末っ子で、先日江戸へ出てきました」

喜助は、板橋での出来事から力を得たことの全て、多くの女たちとの情交以外を話した。

菊乃も、途中で口を挟むこともなく真剣に聞いてくれた。

そして話し終えると、菊乃は小さく息を吐き、口を開いた。

「仙界の力を得て、体液の全てに絶大な薬効があると……？」

菊乃が言い、喜助も期待に股間を膨らませて頷いた。

「そうです。信じられないでしょうが、でなければ賀夜様の回復はなかったことでしょう」

「確かに……。他の理由は思いつきませんし、何より喜助さんが嘘を言っているようには思えません。それに……」

菊乃がほんのり頬を染めて俯《うつむ》いた。

「それに？」

「こうして差し向かっているだけで、先日来の肩凝《かたこ》りが癒《い》えています」

菊乃がモジモジと言う。あるいは肩凝りの解消ばかりでなく、彼の絶大な淫気を受け止めはじめているのかも知れない。

「では、身をもって試してみませんか」

「た、試すとは……？」

「私に触れてみることです。お嫌でなければ」

「情交しようというのですか……」

「最後までがお嫌なら、途中まででで構いません」

喜助が言うと、菊乃は激しく迷っていた。学究的な興味と、もちろん彼の影響で淫気や好奇心も湧いているだろうが、すんなり身を任せることに躊躇《ためら》いがあるのだろう。

「菊乃さん、好いた男は？」

「おりません」

「では生娘《きむすめ》ですか？」

喜助は大胆に訊いた。

「ええ……。生娘のような、そうでないような……」

菊乃が俯いて答えた。彼女からは、生ぬるく甘ったるい匂いが漂い、次第に濃くなってきた。

あとで聞くと菊乃は二十一、喜助より一つ上とのことである。

母親はおらず、一人の弟が医学を学びに家を出ているということだ。それで嫁にも行かず、父の手伝いと家事を請け負っているのだろう。

「そうでないとは、自分で？」

「ええ……」

「そうか、張り形ですか」

喜助は、春本《しゅんぽん》の内容を思い出して言った。すると菊乃は真っ赤になって答えないので、実際張り形で自分を慰めているようだった。

では破瓜《はか》の痛みはすでになく、挿入による快楽もそれなりに知っているのだろう。もっとも喜助と情交すれば、加奈のように完全な未通女《おぼこ》でも気を遣ってしまうのである。

「では私の部屋へどうぞ。嫌と言うことは決してしませんし、昼までは誰も来ませんので」

喜助が言って立ち上がると、やがて菊乃も腰を上げて彼に従った。

奥にある自分の部屋に入ると、喜助は手早く床を敷き延べ、帯を解きはじめていった。

「あの、私も脱ぐのですか……」

「お嫌なら、そのままでも構いません。口吸いだけでも、充分に力は伝わりますので」

言うと、菊乃はドキリとしたように身じろぎ、やがて意を決したようだ。

口吸いという言葉に反応し、これからすることを思うと、もう淫気が抑えられなくなったのだろう。

「承知しました。脱ぎます」

菊乃は頷いて、帯を解きはじめた。

喜助も安心して全裸になり、横になって脱いでゆく菊乃を眺めた。

菊乃も、いったん帯を解くとあとはためらいなく、シュルシュルと衣擦《きぬず》れの音をさせて脱いでいった。

彼に背を向けて着物と腰巻を脱ぎ去ると、しゃがみ込んで襦袢《ジュバン》を脱ぎ、とうとう一糸まとわぬ姿になって、モジモジと添い寝してきた。

何やら、十七の加奈よりも初々《ういうい》しい仕草である。

菊乃が仰向けになると、喜助は身を起こして肢体を見下ろした。

乳房は形良く息づき、股間の翳《かげ》りも程よい範囲に煙っている。

脱いだことで熱気が解放され、さらに甘ったるい匂いが立ち昇った。

実に均整の取れた身体で、肌は透けるように白く滑らかだった。

喜助は充分に観察し、激しく勃起しながら彼女の胸に吸い寄せられていった。

チュッと乳首に吸い付いて舌で転がし、もう片方の膨らみにも手を這わせ、指で乳首をいじった。

「く……」

菊乃は奥歯を噛み締めて小さく呻き、懸命に喘ぎ声を堪《こら》えているようだ。

どうやら、感じたら負けと思っているようで、本来は気が強いのだろう。

喜助は嬉々《きき》として乳首を舐め回し、甘ったるく漂う汗の匂いに酔いしれながら顔中で柔らかな膨らみを味わった。

そしてもう片方の乳首も含んでチロチロと舐め回し、左右交互に、充分に愛撫した。

すると、もう耐えられなくなったように、菊乃の全身がクネクネと艶めかしく悶えはじめたのだった。

第六章　美女との目眩《めくるめ》く日々

一

「あ……、アアッ……！」

とうとう菊乃の口から、熱い喘《あえ》ぎ声が洩れてきた。

喜助は両の乳首を味わってから、菊乃の強《こわ》ばった腕を差し上げ、腋《わき》の下に鼻を埋《うず》め込んでいった。生ぬるく湿った腋毛には、濃厚に甘ったるい汗の匂いが沁み込んで鼻腔《びこう》が刺激された。

彼は胸を満たし、滑《なめ》らかな脇腹を舐め下りていった。

どこに触れても、肌から喜助の唾液が沁み入るのか、菊乃は少しもじっとしていられないほどクネクネと悶《もだ》え続けていた。

そして腰から脚を舐め下り、足裏に舌を這わせて指に鼻を割り込ませると、やはりそこは生ぬるい汗と脂《あぶら》に湿り、蒸《む》れた匂いが濃く沁み付いていた。

喜助は悩ましい匂いを貪《むさぼ》り、爪先にしゃぶり付いて指の股に舌を潜り込ませて味わった。

「あう……！」

菊乃は呻《うめ》き、思わず足指で彼の舌を挟み付けたが拒《こば》みはしなかった。

恐らく初めて男に触れられ、全身から力が抜けて朦朧《もうろう》となっているのだろう。

喜助は両足とも味と匂いを貪り尽くし、やがて彼女の股を開かせ、脚の内側を舐め上げていった。

内腿はムッチリと張り詰め、何やら思い切り嚙んでみたい衝動に駆られた。

もちろん舌でたどるだけにし、股間に迫っていった。

割れ目からはみ出した桃色の花びらに指を当て、そっと左右に広げると、すでに大量の淫水が溢《あふ》れていて、クチュッと微《かす》かに湿った音がして中身が丸見えになった。

すでに張り形の挿入に慣れているとはいえ、まだ本物の男に入れられていない膣口が襞を入り組ませて息づき、小さな尿口があり、包皮の下からは小指の先ほどのオサネが光沢を放ってツンと突き立っていた。

「アア……」

彼の熱い視線と息を感じ、菊乃が熱く喘いでヒクヒクと下腹を波打たせた。

喜助ももう堪《たま》らず、顔を埋め込んでいった。

柔らかな茂みに鼻を擦《こす》りつけて嗅《か》ぐと、汗とゆばりの蒸れた匂いが悩ましく鼻腔を掻き回した。

舌を挿《さ》し入れ、淡い酸味のヌメリを掻き回しながら、膣口の襞からゆっくりオサネまで舐め上げていくと、

「アアッ……、い、いい……」

菊乃が声を震わせ、内腿でキュッと彼の顔を挟み付けてきた。

喜助はチロチロと念入りにオサネを舐め回しては、泉のように溢れてくる淫水をすすった。

さらに彼女の両脚を浮かせ、尻の谷間に迫ると、谷間にはひっそりと可憐《かれん》な薄桃色の蕾《つぼみ》が閉じられていた。

鼻を埋め込むと双丘が心地よく顔に密着し、秘めやかに蒸れた匂いが鼻腔を刺激してきた。充分に嗅いでから舌を這わせ、ヌルッと潜り込ませて滑らかな粘膜を味わった。

「く……、駄目……」

菊乃が呻き、キュッときつく肛門で舌先を締め付けた。

もちろん嫌なことはしないという約束だが、駄目と言っても本心からではないだろう。その証《あか》しに鼻先の陰戸《ほと》からは、さらにトロトロと熱い蜜汁が垂れてきていた。

ようやく脚を下ろすと、溢れるヌメリを舐め取りながら、彼は再び割れ目に戻ってオサネに吸い付いた。

「アア……。い、いきそう……!」

菊乃が嫌々をして喘いだ。どうやら舌の愛撫で果てるより、一つになって念願の男を味わいたいのだろう。

それを察し、彼は股間から這い出して添い寝していった。

そして菊乃の手を握って強ばりに導くと、彼女は生温かく汗ばんだ手のひらでやんわりと握ってくれた。

「どうか近くで見て下さい……」

喜助が言うと、菊乃も素直に身を起こし、顔を彼の股間へと移動させて腹這いになった。

彼も大股開きになり、無垢《むく》な視線を股間に受けて幹をヒクつかせた。

あるいは菊乃も父親と一緒に患者の一物《いちもつ》ぐらい見たことがあるかも知れないが、若くピンピンに勃起した肉棒を間近に見るのは初めてだろう。

菊乃は感触を確かめるように手のひらで幹をニギニギし、ふぐりにも触れて睾《こう》丸《がん》を確認した。

そしてとうとう自分から口を寄せると、粘液の滲《にじ》む鈴口《すずぐち》をチロリと舐めてくれたのだ。

「あう……」

喜助が呻いて幹を震わせると、菊乃も張り詰めた亀頭をしゃぶり、スッポリと喉の奥まで呑み込んでくれた。

張り形を入れるときも、きっと舐めて濡らしていたのだろう。

深々と含むと幹を締め付けて吸い、熱い鼻息で恥毛をそよがせながら、口の中ではクチュクチュと舌を蠢《うごめ》かせてきた。

たちまち彼自身は美女の熱い唾液にまみれ、思わずズンズンと股間を突き上げると、

「ンン……」

喉の奥を突かれた菊乃が呻き、自分も顔を上下させてスポスポと滑らかに摩擦してくれた。

「ああ、いきそう。入れて下さい……」

すっかり高まった喜助が言うと、菊乃も口を離して顔を上げた。

「私が上に……?」

「ええ、嫌でなければ私はその方が」

訊《き》かれて答えると、彼女も身を起こして前進し、そろそろと彼の股間に跨《また》がってきた。先端に割れ目を押しつけたが、少し硬直していたのは、挿入への恐れではなく、生身と交わる感慨が湧いていたのだろう。

やがて意を決して腰を沈めていくと、彼自身はヌルヌルッと滑らかに根元まで呑み込まれていった。

「アアッ……!」

菊乃はぺたりと座り込むと、顔を仰《の》け反《ぞ》らせて喘いだ。そして味わうように、キュッキュッと膣内を締め付けてきた。

やはり張り形ではなく、血の通った生身の肉棒は格別なのだろう。

喜助も、温もりと感触を嚙み締め、全身で快感を味わった。

喜助が両手を回して抱き寄せ、膝を立てて尻を支えると、菊乃も身を重ね、彼の胸にピッタリと乳房を密着させてきた。

するとは彼女は顔を寄せ、自分からピッタリと唇を重ねてきたのである。

喜助は美女の唇の柔らかな感触と唾液の湿り気を感じながら、舌を挿し入れて滑らかな歯並びを左右にたどった。

そして引き締まった歯茎まで舐め回すと、菊乃も歯を開いてネットリと舌をからめてきた。

「ンン……」

菊乃が呻き、チュッと舌に吸い付くと、喜助は鼻腔を湿らせながらズンズンと股間を突き上げはじめていった。

「アア、いきそう……」

彼女が口を離して熱く喘ぐと、湿り気ある吐息には肉桂《にっけい》に似た匂いが含まれ、喜助の鼻腔は新鮮に刺激された。

彼は悩ましい匂いに酔いしれながら、突き上げを強めていった。

生娘《きむすめ》とはいえ、張り形の挿入に慣れているのだから遠慮は要らない。

吸い付くような膣内の感触と襞の蠢きが、自分の一物に一番しっくりしていた。

そして締め付けと摩擦、潤《うるお》いと温もりに包まれながら、喜助は激しく昇り詰めてしまった。

「く……、いく……！」

彼が口走り、熱い大量の精汁をドクンドクンと勢いよく放つと、

「あ、熱いわ、すごい……。アアーッ……！」

噴出を感じた途端に、菊乃も声を上ずらせてガクガクと狂おしい痙攣《けいれん》を開始して気を遣《や》った。やはり張り形は射精しないので、奥への直撃が実に新鮮な快感だったようだ。

喜助は心ゆくまで快感を噛み締め、最後の一滴まで出し尽くしていった。

満足しながら動きを弱めていくと、

「ああ……、こんなに良いなんて……」

菊乃も力を抜いて声を震わせ、グッタリともたれかかってきた。

彼はまだキュッキュッときつく締まる膣内で、ヒクヒクと過敏に幹を震わせ、肉桂臭の吐息を間近に嗅ぎながら、うっとりと快感の余韻に浸り込んでいったのだった。

「確かに……。力は抜けているのに、身の内に熱い火が灯《とも》ったようです……」

菊乃が、身をもって彼の体液を吸収した感想を述べた。

「どうか、これからもご別懇《べっこん》に……。父にも会って下さいませ……」

「ええ、もちろんです」

かぐわしい息で囁《ささや》かれ、彼も頷《うなず》いたのだった。

二

「いま帰ったぞ。客も一緒だ」

昼に七兵衛の声がし、喜助も入り口に出迎えにいった。

あれから一緒に水を浴びると、菊乃は身繕《みづくろ》いをして帰ってゆき、喜助はノンビリ横になって休んでいたのだった。

菊乃も、七兵衛が戻るまで待たなかったのは、やはり情交を察せられるようで決まりが悪かったのだろう。

喜助が出ると、何と帰ってきた七兵衛と一緒にその菊乃と、十徳《じっとく》を着た四十半ばの坊主頭がいた。

菊乃は、さっきと違う良い着物を着て薄化粧している。

「結城玄庵です」

上がると、客が言って喜助に頭を下げた。

「あ、これは……。喜助と申します」

喜助も居住まいを正し、菊乃の父親に挨拶《あいさつ》した。ついさっき菊乃と情交を終えたばかりなので、彼こそ決まりが悪かった。

「七兵衛さんから詳しく伺いました。神仙の力をお持ちなら、私など敵《かな》うはずもない。賀夜様の本復、頭が下がります」

「滅相《めっそう》も……」

喜助も恐縮して頭を下げた。あとで聞くと玄庵は、御典医《ごてんい》も務めている名医ということだ。

「そこでだ、とんとん拍子にお菊ちゃんをお前の嫁にしようという話になった」

「え……」

「儂《わし》も商家の娘ばかり探していたが、そうだ、お菊ちゃんがいるじゃないかと膝を打った次第だ」

七兵衛が言うと、玄庵と菊乃が座り直して喜助を見つめた。

「不束《ふつつか》な娘ですが、もらって頂けますでしょうか」

玄庵が言い、喜助も背筋を伸ばしてから辞儀をした。

「私のような、学のない田舎者でよろしいのでしょうか」

「はい、菊乃も、是非にも喜助殿に嫁《か》したいと願っております。ご異存なくば、どうか切に」

玄庵が言うと、菊乃も熱っぽい眼差《まなざ》しで喜助を見ている。

「異存など。私の方こそ、身に余る幸せと存じます」

「おお、ご承知頂けますか」

玄庵が顔を輝かせて言い、菊乃も感極まったように俯《うつむ》いた。

喜助も、願ってもない成り行きに胸を弾ませた。何しろ初回で、菊乃と肌の相性が良いことを痛感していたのである。

心気堂と結城家との付き合いは古く、しかも喜助の薬を玄庵が扱えば、さらに多くの人が救われることだろう。

「ああ、それでいい。決まりだ。じゃ昼飯にしようか。お菊ちゃん、そこにある酒を取ってくれ」

「はい」

七兵衛が言うと、もう嫁になったようにすぐ菊乃が返事をして立った。

そして七兵衛は持ってきた折詰めを開いた。どうやら婚儀の成立を見越して、ご馳走《ちそう》を買ってきたらしい。

「実に目出度《めでた》い。なあに、今日知り合ったばかりでも、縁とはそうしたものだ」

七兵衛が茶碗酒を持ち、菊乃も皆に注いだ。

「仙界の秘薬のことは、どうかこの四人だけの秘密ということで」

「ええ、それはもう」

七兵衛が言うと、玄庵も答えた。喜助の体液を含んだ薬があれば、医術など要らなくなりそうだが、玄庵の目的は人々の救済にあるようで、何ら心の迷いはないようだった。

秘薬のことは、朱里と茜も知っているのだが、あの母娘《おやこ》は他言などしないだろう。あとは駒のことだけが心配だった。

「ときに、すっかり良くなった賀夜様に縁談が持ち込まれたようです。親交のある他藩の家老の息子らしいですが」

「それは重ね重ね目出度いな。うちに来ている加奈も、番頭を入り婿《むこ》にすることが決まったようだ。近々どうやら婚儀が続きそうだ」

玄庵と七兵衛が上機嫌で話し、酒を酌《く》み交わした。

喜助は菊乃と一緒に折詰めを摘《つま》み、近々また国許の喜兵衛に手紙を書こうと思った。

これで、いよいよ喜助も正式に七兵衛の息子となるのだが、七兵衛に対し何と呼ぶべきか迷った。

武家ではないから父上は変だし、おとっつぁんも面映《おもは》ゆい。まして菊乃も住むのだから、あまり下々《しもじも》の感じを出すのも良くないかも知れない。

（まあ、親父さん、でいいかな……）

喜助は思い、そうするうち折詰めも空になった。

「では、これにて」

酒は少量にしておいた玄庵が、言って腰を上げた。まだこれからも往診があるのだろう。

「では、諸々《もろもろ》のことは後日あらためて」

「はい、よろしくお願いします」

玄庵に言われ、喜助も辞儀をして答えると、父娘《おやこ》は帰っていった。

「じゃ喜助、賀夜様に祝いの品でも買って訪ねてこい」

「分かりました」

七兵衛に言われ、喜助も渡された金を受け取って心気堂を出た。

菓子折でも買おうと商家の通りに行くと、

「ちょいと」

喜助はいきなり駒に声を掛けられた。

「あ……」

「荒くれの町奴《まちやっこ》たちでも、あんたには敵わなかったね」

駒が囁く。やはり彼女は、どこかの屋根の上からでも成り行きを見ていたのだろう。

「今度は、どんな連中を巻き込むんです？」

「もう止《や》めだね。破落戸《ごろつき》も町奴も頼りにならない。赤ん坊を連れて、貯めた金を持って田舎にでも行こうかと思ってるのさ」

「そうなんですか」

喜助は答え、誘われるまま西京屋の裏の離れに歩いて行った。

「江戸を出る前に、何とか田代藩には一泡吹かせたいね」

駒が言う。因縁《いんねん》浅からぬ田代藩、特に朱里や茜とは最後の勝負をしたいのかも知れない。

やがて離れに入ると、駒はすぐに床を敷き延べた。赤ん坊は、今日も西京屋の子守女に預けているのだろう。

喜助も駒の発する女の匂いで急激に淫気を催《もよお》し、着物を脱いでいった。

菊乃と所帯を持ってからは、そうあまり他の女とは出来なくなるだろう。

駒も手早く脱いで全裸になると、布団に仰向けになった。

喜助は添い寝し、腕枕してもらいながら乳首を含んだ。

しかし吸い付いても乳汁は滲んでこないので、どうやら出なくなってしまったらしい。

彼は両の乳首を味わい、充分に舌で転がしてから、腋の下にも鼻を埋め、濃厚に甘ったるい汗の匂いに噎《む》せ返った。

すると途中で駒が身を起こし、仰向けにさせた彼の顔に跨がってきたのだ。

遠慮なくしゃがみ込み、ムッチリした内腿を張り詰めさせ、濡れはじめた陰戸を彼の鼻と口に押しつけた。

喜助は心地よい窒息感の中、懸命に呼吸して茂みに籠もる濃厚に蒸れた匂いを貪った。

舌を挿し入れると、すぐにも大量の淫水が迎え、彼は息づく膣口をクチュクチュ掻き回し、大きなオサネまで舐め上げていった。

「あう……、もっと……」

駒がビクリと反応して呻き、新たな淫水を漏らしてきた。

喜助は淡い酸味のヌメリをすすり、執拗《しつよう》にオサネを貪っては悩ましい匂いに酔いしれた。

「ここも舐めて」

駒が言って前進し、尻の谷間を押しつけてきた。

喜助は密着する豊満な双丘を味わい、やや突き出た蕾に籠もる生々しい匂いを嗅いでから舌を這わせた。

ヌルッと潜り込ませ、滑らかで淡く甘苦い粘膜を探ると、

「アア、いい気持ち……」

駒が喘ぎ、モグモグと味わうように肛門で舌先を締め付けた。

やがて喜助に前と後ろを充分に舐めさせると、駒は腰を浮かせて移動し、彼の股間に顔を寄せてきた。

両脚を浮かせると、今度は駒が彼の尻を舐め回し、ヌルリと潜り込ませて蠢かせた。

「く……」

喜助は快感に呻き、肛門で美女の舌先を締め付けた。

駒は熱い鼻息でふぐりをくすぐりながら舌を出し入れさせ、やがて脚を下ろすとふぐりをしゃぶり、充分に睾丸を舌で転がしてから、ゆっくりと肉棒の裏側を舐め上げていった。

三

「あう……、気持ちいい……」

喜助が口走り、駒は粘液の滲む鈴口をチロチロとしゃぶり、スッポリと喉の奥まで呑み込んでいった。

温かく濡れた口腔に根元まで含まれると、先端が喉の奥にヌルッと触れた。

駒は噎せもせず幹を締め付けて吸い、熱い息を股間に籠もらせながら念入りに舌をからませてきた。

喜助は最大限に勃起し、すっかり高まって幹を震わせた。

駒はスポスポと摩擦していたが、充分に唾液に濡らすとスポンと口を離し、身を起こして前進してきた。

ヒラリと跨がり、先端に濡れた陰戸を押しつけ、腰を沈めて性急に受け入れていった。

「アアッ……、いい……」

ヌルヌルッと根元まで嵌《は》め込むと、駒が股間を密着させて喘いだ。

喜助もヌメリと締め付け、温もりに包まれながら快感を味わった。

彼女が身を重ねてきたので両手を回して抱き留め、膝を立てて尻を支えた。

すぐにも駒が腰を動かしはじめ、乳房を彼の胸に擦りつけてきた。

喜助もズンズンと股間を突き上げて摩擦快感を噛み締め、下から唇を重ね合わせると、駒がヌルッと長い舌を潜り込ませた。

滑らかに蠢く舌をからませ、次第に突き上げを強めていくと、

「ああ……、何ていい気持ち……」

駒が唾液の糸を引いて喘ぎ、収縮を活発にさせてきた。

熱い花粉臭の吐息を嗅ぎながら彼が絶頂を迫らせると、

「い、いく……。アアーッ……！」

先に駒が喘ぎ、ガクガクと身を震わせて気を遣ってしまった。

その収縮に巻き込まれ、続いて喜助も絶頂に達し、

「く……！」

快感に呻きながら、ありったけの熱い精汁を噴出させると、

「あう、もっと……」

噴出を感じた駒が駄目押しの快感に呻き、精汁を飲み込むようにキュッキュッと貪欲《どんよく》に膣内を締め上げた。彼も快感を味わい、心置きなく最後の一滴まで出し尽くしていった。

「ああ……」

喜助が声を洩らし、満足げに動きを止めていくと、駒も肌の強ばりを解いてグッタリと身を預けてきた。

「悔《くや》しい、こんなに早くいかされるなんて……」

駒が甘い息で囁き、なおもきつく締め付けてきた。彼はヒクヒクと過敏に幹を震わせ、妖艶《ようえん》な美女の温もりと匂いを感じながら、うっとりと余韻に浸り込んでいった。

「どうせお前と組めずに江戸を去るなら、ひと思いに殺してやりたい……。だけど無理だね。どうやっても勝てる気がしない……」

駒が言い、やがて呼吸を整えると身を起こし、懐紙《かいし》を陰戸に当てながら股間を引き離した。

そして自分で拭きながら顔を移動させ、屈《かが》み込むと淫水と精汁にまみれた亀頭にしゃぶり付いてきた。

「あう……」

喜助はビクリと反応して呻いたが、駒は力の元である精汁を貪り、念入りに舌をからめてヌメリをすすった。

一物は徐々に回復しはじめたが、もう駒は気が済んだか、すっかり綺麗にすると顔を上げて身繕いをした。

彼も呼吸を整えると起き上がり、下帯《したおび》と着物を着けた。

「今宵《こよい》、子《ね》の刻（深夜零時）……」

「え……？」

駒の呟《つぶや》きに聞き返したが、すぐにも彼女は離れを出ていってしまった。

喜助も離れを出ると、彼女は母屋《おもや》に入ったようだ。

彼は諦《あきら》めて通りに出ると、途中で菓子折を買ってから賀夜のいる杉田家の屋敷を訪ねていった。

「おお、あなたが喜助殿ですか」

出迎えた家来が顔を輝かせて言い、すぐにも喜助を奥へ案内してくれた。

どうやら賀夜を治した話を聞いていて、屋敷の全ての人たちが喜助に感謝しているようだった。

座敷へ通されると、いそいそと賀夜が入ってきた。新右衛門は藩邸に行っているらしい。

「ようこそ。嬉《うれ》しいです」

「ご婚儀のこと、玄庵先生より伺いました。お目出度うございます」

喜助が菓子折を出して言うと、賀夜は少しだけ眉を曇らせた。

「恐れ入ります。本当は……」

みなまで言わなくても彼には分かった。本当は喜助と一緒になりたかったのだろうが、それは叶《かな》わぬことである。

「ご本復したのですから」

「ええ、そうですね。要らぬ望みは持たないことにします。でも、少しだけ」

賀夜は言ってにじり寄り、唇を求めてきた。

喜助も唇を重ね、念入りに舌をからめた。生温かな唾液に濡れた舌が滑らかに蠢き、彼自身は激しく勃起してしまった。

「ンン……」

賀夜は熱く鼻を鳴らして彼の舌に吸い付き、唾液を送り込むとうっとりと喉を潤した。

「ああ……。これからも、たまにで良いので会って頂きたいです。何とか都合の付くときに……」

唇を離すと、賀夜が甘酸っぱい吐息で熱く囁いた。彼女の嫁《とつ》ぎ先である他藩の屋敷も、もちろん江戸にある。

「ええ、その折には是非。それから、私も嫁をもらうことになりました」

「伺いました。菊乃さんとですね」

どうやら、玄庵を通じて賀夜も知っていたようだ。

それでも彼女は妬《と》心《しん》を抱くような様子も見せず、ただまた二人で会えれば良いと思っているのだろう。

「では、私はこれにて。あらためて義父《ちち》とお祝いに参りますので」

喜助は長居せず、言って腰を上げた。

賀夜も引き留めず、玄関まで見送ってくれた。

杉田家の屋敷を出ると、喜助はまた菓子屋に寄って土産を買い、今度は八百七を訪ねた。

「まあ！」

店先にいた加奈が、喜助を見ると顔を輝かせた。

「婚儀が整ったようなので、お祝いに」

「有難うございます。生憎《あいにく》、おとっつぁんと番頭は挨拶に出向いているので」

彼が菓子折を差し出して言うと、加奈も受け取って答えた。

「ああ、また会う折もあるだろう。よろしく伝えてくれればいいよ」

「はい」

「実は私も、嫁をもらうことになったんだ。玄庵先生の娘さんを」

「まあ、そうなんですか……」

言うと加奈は目を丸くし、少し寂しげな顔つきになった。

「でも、また良いときに二人だけで会おう」

「必ずですよ」

加奈が勢い込んで言い、彼の手を取って小指をからませた。

「ああ、まだまだ縁はあるよ。それじゃまた」

喜助は言い、そこへ客が入ってきたので、すぐに八百七を出た。

もう加奈も、心気堂に手伝いに来ることもないだろう。それに間もなく菊乃が住むようになるのだ。

喜助は最後に、田代藩の上屋敷を訪ねた。

「ご家老ですか。どうぞ中へ」

すっかり顔見知りになった門番が言う。

「いえ、ここで構いません。ご家老でなく、茜さんをお願いします」

喜助が門の脇に立って言うと、門番は中に入って言付け、間もなく茜が出てきてくれた。

「喜助さん、菊乃さんをお嫁さんにもらうんですね」

茜が笑みを浮かべて言う。さすがに耳が早いようだ。

「ええ、それよりお駒のことですが」

喜助が言うと、茜が笑みを消した。

「今宵の子の刻、ここを襲いに来るかも知れません」

「何と……」

「江戸を離れるにあたり、一泡吹かせたいのかも」

「そうですか。承知しました。よくお知らせ下さいました」

「私も来ることにしましょう」

彼が言うと、茜も頷いた。

それだけ言うと、喜助は辞儀をし、やがて心気堂へと戻ったのだった。

四

（そろそろか……）

喜助は一眠りしてから夜中に起き上がり、手早く身繕いをした。

七兵衛の部屋からは、心地よさげな高鼾《たかいびき》が聞こえている。もちろん彼には何も言っていない。

喜助は静かに心気堂を出ると、夜の町を素早く移動した。

子の刻までは、あと四半刻（約三十分）足らずだろう。

静まりかえった家々の間を駆け抜けると、聞こえるのは犬の遠吠えと微かな夏虫の音《ね》ぐらいのものだ。

やがて田代藩邸に着くと、彼は塀を跳び越えて庭に入った。

すると気配を察したか、すぐにも柿色《かきいろ》の忍び装束と頭巾《ずきん》に身を包み、腰に小刀を帯びた茜が音もなく姿を現した。

「朱里様は?」

「お駒一人なら、私だけで充分」

囁くと、茜も小さく答えた。

さすがに彼女からは何の匂いも感じられず、頭巾から覗《のぞ》く目が緊張しているようにも見えない。

そのとき気配を感じて目を遣ると、塀の上に人影が立っていた。

黒装束の駒である。やはり茜と同じように小刀を手挟《たばさ》んでいた。

その駒が、音もなく庭に降り立つと、

「喜助、決して手出ししないで」

駒が言うと、茜も彼に向かって頷きかけた。

どうやら素破《すっぱ》らしからぬ、正面から一対一の勝負らしい。

喜助が一歩下がると、あとは声もなく女二人は対峙《たいじ》した。

そして双方同時に小刀を抜き放ち、逆手に構えた。

どちらも刃渡り一尺(約三十センチ)、斬《き》るより突く得物《えもの》なのだろう。

喜助も緊張せず、静かに立って見ていた。どちらが負けようとも、彼が傷を舐めてやれば蘇生するだろう。

慎重に間合いを詰めると、先に駒が仕掛けた。

地を蹴って跳躍し、得物を構えて茜に向かう。茜も跳んで刃《やいば》を交えると電光のように火花が散った。

月も灯りもない闇の中、常人には何も見えず音も聞こえないだろうが、喜助には全てが見えていた。

降り立った二人は振り向きざま攻撃を続け、ときに蹴りも飛ばして凄《すさ》まじい攻防が繰り返された。

さすがに二人とも息も切らさず呻きもせず、相手の急所に切っ先を突き出すがどちらも触れることはない。

しかし、跳躍した茜が地に降り立つ寸前に足を払われ、二人は同時に倒れて組み合った。

そして茜の得物が弾き飛ばされて仰向けになると、その上に駒が馬乗りになって抑え込みながら、刃を茜の喉に当てた。

「く……」

初めて、茜が小さく呻いて硬直した。

どうやら、やはり駒の方が歳上だけあり一日《いちじつ》の長があったようだ。まして駒は数々の悪事を行い、修羅場《しゅらば》に慣れているし、茜より先に喜助の体液を吸収しているのである。

茜は完全に動きを封じられ、覚悟を決めたようだ。

「それまで」

喜助が言うと、駒はふっと息を吐いて力を抜き、刃をスウッと軽く横に引いて茜の喉に浅い傷を付けた。

「あたしの勝ちってことでいいよね」

「な、なぜとどめを刺さん……」

茜が悔しげに言った。

「何だか、急に人を殺《あや》めるのが嫌になっちまったのさ。ましてあたしとお前は、喜助から力をもらった仲間同士だ」

駒は言って身を起こし、小刀を鞘《さや》に戻した。

「さらばだ。喜助」

言うと駒は跳躍して塀に飛び乗り、そのまま向こうへ下りていった。

音もなく、駒の気配だけが遠ざかっていく。

茜は、まだ敗北感に脱力して起き上がれずにいるので、喜助が抱き起こしてやった。

頭巾を取ると、喉の傷は実に浅いもので、喜助が舌を這わせると、すぐに癒《い》えていった。これなら傷跡も残らないだろう。

「悔しい……」

茜が言って奥歯を噛むと、急に彼女本来の汗の匂いが甘ったるく濃厚に漂ってきた。

「なぜ殺さぬ……」

「お駒の方が早く私の体液を吸収していた。その力に含まれた善の気が、徐々にお駒を変えていったのかも知れない」

喜助は言い、ようやく茜が立ち上がったので、落ちた小刀を拾って彼女の鞘に戻してやった。

「来て……」

茜が言い、塀に跳び乗ったので喜助も続いて藩邸を出た。

行き先は分かっている。

今宵は、隠れ家で茜を慰めてやらなければならないだろう。

二人は夜の町を走り、やがて隠れ家に入っていったのだった。

五

喜助が乳首に吸い付くと、茜は激しく身悶えて喘いだ。

どうやら負けた悔しさの中で、強い刺激を欲しているのだろう。

彼も歯を立て、左右の乳首をコリコリと噛んでやった。そのたびに、茜の全身がビクリと震え、匂いが濃く揺らめいた。

「アア……、噛んで。強く……」

両の乳首を充分に刺激すると、喜助は茜の腋の下に鼻を埋め、生ぬるく湿った和毛《にこげ》に沁み付く濃厚な汗の匂いに噎せ返った。

胸を満たしてから肌を舐め下り、脚をたどって足裏を舐め、すっかりムレムレになった指の股に鼻を押しつけて嗅いだ。

死闘のあとの蒸れた匂いに酔いしれてから爪先をしゃぶり、両足とも念入りに貪り、味と匂いを吸収したのだった。

「ああ……、いい気持ち……」

茜が喘ぎ、今までで一番激しく感じているようだった。

大股開きにさせて脚の内側を舐め上げ、ムチムチと張りのある内腿をたどって股間に迫ると、そこは熱気と湿り気が籠もっていた。

恥毛の丘に鼻を埋め、擦りつけて嗅ぐと、戦いの最中には無臭だったであろうそこには、汗とゆばりの匂いが混じり合い、蒸れて濃く沁み付いていた。

喜助は匂いに酔いしれ、胸を満たしながら割れ目内部に舌を這わせた。

淡い酸味のヌメリが熱く湧き出し、彼は息づく膣口の襞を掻き回すと、ツンと突き立ったオサネまで舐め上げていった。

「アアッ……！」

茜が顔を仰け反らせて喘ぎ、内腿できつく彼の両頬を挟み付けた。

喜助は執拗にオサネに吸い付いては溢れる蜜汁をすすり、さらに両脚を浮かせて尻の谷間に迫った。

可憐な蕾に鼻を埋め込み、秘めやかな匂いを貪ってから舌を這わせ、ヌルッと潜り込ませて滑らかな粘膜を味わった。

「く……」

茜が呻き、モグモグと肛門で舌先を締め付けた。

やがて前も後ろも舐め尽くすと、ようやく喜助は股間を這い出して添い寝していった。

茜も心得たように身を起こし、彼の股間に顔を寄せてきた。

粘液の滲む鈴口をチロチロとしゃぶり、丸く開いた口でスッポリと喉の奥まで呑み込むと、幹を締め付けて吸い、舌をからめてくれた。

「ああ、気持ちいい……」

受け身になった喜助は激しい快感に喘ぎ、彼女の口の中で唾液にまみれた幹を震わせた。

すると茜は唾液に濡らしただけで、チュパッと口を離すとすぐにも身を起こして彼の股間に跨《せ》がってきたのだ。

何やら気が急き、昼間の駒と同じような順序である。

先端に濡れた陰戸を押しつけると、位置を定めて息を詰め、一気に腰を沈み込ませてきた。

たちまち彼自身は、ヌルヌルッと心地よい肉襞の摩擦を受けながら根元まで呑み込まれ、彼女の股間がピッタリと密着した。

「アアッ……！」

茜が熱く喘ぎ、キュッと締め付けながら身を重ねてきた。

喜助も両手を回して抱き留め、膝を立てて尻を支えながら、膣内の温もりと感触を味わった。

そして茜の顔を引き寄せて唇を重ね、舌を挿し入れると彼女もネットリとからみ付けてきた。

滑らかな舌の感触を味わい、生温かなヌメリをすすると、彼女も懸命に唾液を注いでくれた。喜助は小泡の多い唾液でうっとりと喉を潤し、ズンズンと股間を突き上げた。

「アア……、いい……」

茜が口を離して喘ぎ、合わせて腰を遣《つか》いはじめた。

喜助は彼女の濃厚に甘酸っぱい果実臭の吐息で鼻腔を刺激されながら、次第に突き上げを強めていった。

「い、いく……。アアーッ……！」

すぐにも茜が声を上げ、収縮を強めてガクガクと狂おしい痙攣を開始した。

やはり心が乱れているので、早々と快楽に逃げ込んでしまったようだ。

「く……！」

吸い付くような感触に、続いて喜助も激しく昇り詰め、快感に貫かれながらドクンドクンと勢いよく精汁をほとばしらせた。

「あう、もっと……！」

噴出を感じた茜が呻き、身悶えながらきつく締め上げてきた。

喜助は彼女の喘ぐ口に鼻を押し込み、熱い芳香を胸いっぱいに嗅ぎながら快感を嚙み締め、心置きなく最後の一滴まで出し尽くしていった。

すっかり満足しながら動きを弱めていくと、

「ああ……」

茜も声を洩らし、肌の強ばりを解いてグッタリともたれかかってきた。

まだ膣内は名残惜《なごりお》しげにキュッキュッと締まり、中で肉棒がヒクヒクと過敏に跳ね上がった。

「少しは落ち着いたかな……？」

呼吸を整え、余韻を味わいながら囁くと、

「ええ……」

茜は小さく答え、ようやく身を起こしていったのだった……。

――翌朝、喜助は喜兵衛への手紙をしたためた。

「じゃ、手紙を出しに行ってきますね」

「おお、ついでにこの薬を玄庵先生に届けてくれ」

喜助が言うと、七兵衛が出来たての薬の入った紙包みを渡して言った。

彼は受け取り、心気堂を出ると飛脚に手紙を託してから、先に西京屋へと立ち寄ってみた。

そして主人に聞くと、やはり駒は訳あって、赤ん坊を連れて出ていったということだ。

主人は意気消沈《いきしょうちん》しているが、駒の決意は固かったのだろう。

喜助は辞し、その足で玄庵の家を訪ねた。

玄庵は、主だったところへ往診するだけで、ほとんどが大名家か旗本屋敷だから開業の看板などは出していない。

それでも近所の人は玄庵が名医だと知っているので、診察を受けに来ることがあり彼も診《み》たり薬を渡したりしているようだ。

菊乃が出てきて、喜助の顔を見ると顔を輝かせた。

「いらっしゃいませ。父は往診に出たばかりなのです」

薬を受け取った菊乃が言い、是非にもと誘われて喜助は上がり込んだ。

彼女の部屋らしい座敷に通されると、文机《ふづくえ》には一輪挿《いちりんざ》し、その横には鏡が立てかけられていた。

菊乃の初物を奪い、破瓜《はか》の血や淫水を吸っていた張り形などは、さすがに仕舞ってあるのか、あるいは婚儀が決まったので捨ててしまったのだろう。

「やはり大きな効能があるようで、いまも力が湧いております」

菊乃はほんのり頬を染めて言い、喜助も、この一つ年上の美女が妻になるのだと思うと股間が熱くなってしまった。

どうせ長く共に暮らすのだから焦《あせ》ることはないのだが、やはり目の前の美女に激しい淫気を覚えてしまうのだ。

「私たちのこと、国許に手紙を出しておきました」

「まあ、嬉しいです」

「本当に、私などで良いのでしょうか」

「ええ、他には考えられません」

菊乃は、茶を出すことも忘れたように彼ににじり寄ってきた。

喜助も江戸へ来てから良いことずくめで、多くの美女と懇《ねんご》ろになってきたが、この菊乃が最も良い相性だという気がしていた。

「先生は、すぐにお帰りになりますか」

「いいえ、あと一刻（約二時間）ほどは戻りません」

「では少しだけ」

喜助が胸を高鳴らせて言い、顔を寄せていくと菊乃も応じ、羞じらいながら唇を許してくれた。

唇の感触と唾液の湿り気を感じながら舌を挿し入れ、滑らかな歯並びを舐めると、菊乃も歯を開いて舌をからめてきた。

「ンン……」

彼女は熱い息で呻き、喜助の鼻腔を湿らせながら舌に吸い付いた。

やはり彼の唾液を吸収したいのだろう。

喜助は舌を蠢かせながら、そろそろと彼女の裾《すそ》を割って手を潜り込ませ、滑らかな内腿から陰戸を探ると、

「アア……」

菊乃が口を離して喘ぎ、肉桂臭の吐息で彼の鼻腔を刺激した。

すでに割れ目からは熱い蜜汁が溢れはじめ、指の動きがヌラヌラと滑らかになった。

「濡れてます」

「アア……」

囁くと菊乃が羞恥に身悶えた。

「何でも、言う通りにしてくれますか」

「はい、何なりと仰《おつしや》って下さいませ」

「では、顔に跨がって下さい。厠《かわや》のように」

喜助は仰向けになって言うと、菊乃がビクリと身じろいだ。

「そ、そのようなこと、旦那《だんな》様になる方のお顔を跨ぐなど……」

「まだ夫じゃないです。婚儀を済ませたら出来ないので、してみたいことは今のうちに。さあ、どうか」

彼は答えたが、もちろん夫婦になってからも求めてしまうことだろう。

すると菊乃も激しい淫気に突き動かされるように、そろそろと立ち上がって彼の顔に跨がった。そして裾をからげ、白い脚を丸出しにして、本当に厠に入ったようにしゃがみ込んできた。

「アア……、恥ずかしい……」

菊乃は言い、それでも股間を彼の鼻先に迫らせてくれた。

白くムッチリと張り詰めた両の内腿が覆《おお》いかぶさり、濡れた陰戸を真下から見上げながら、彼は腰を抱き寄せて鼻と口を埋めた。

茂みには、今日も蒸れた汗とゆばりの匂いが沁み付き、悩ましく鼻腔を掻き回してきた。

喜助は胸を満たし、舌を這わせはじめながら自分も裾を開き、下帯を解いて勃起した一物を露わにした。

ヌメリを探りながら、息づく膣口からオサネまで舐め上げていくと、

「あう……！」

菊乃が呻き、思わず力が抜けて座り込みそうになるのを、懸命に彼の顔の左右で両足を踏ん張って堪《こら》えた。

チロチロとオサネを舐めると淫水の量が増し、彼は味と匂いを堪能してから白く丸い尻の真下に潜り込んでいった。

顔中に双丘の弾力を受け、薄桃色の蕾に籠もって蒸れた匂いを貪り、舌を這わせてヌルッと潜り込ませた。

「あぁッ……！　い、いけません……」

菊乃がキュッと肛門で舌先を締め付けて言ったが、淫水の量は格段に増し、いまにもトロリと垂れそうになっていた。

やがて彼女の前も後ろも舐め尽くすと、しゃがみ込んでいられなくなったように菊乃が腰を上げ、自分から顔を移動させていった。

そして彼の股間に屈み込み、張り詰めた亀頭にしゃぶり付くと、舌を這わせながらスッポリと呑み込んだ。

たっぷりと唾液を出しながら舌をからませ、やがて顔を上げると、

「入れていいですか……」

上気した顔で股間から訊いてきた。

「ええ、また上になって下さい」

喜助が好きな茶臼《ちゃうす》（女上位）をせがむと、菊乃もすぐ身を起こして跨がり、陰戸を先端に当ててゆっくり受け入れていった。

ヌルヌルッと根元まで嵌め込むと、

「アアッ……、いい……！」

菊乃が顔を仰け反らせて喘ぎ、キュッときつく締め上げてきた。

「ああ、気持ちいい……」

喜助も、ピッタリとちょうど良く嵌まり込んだ幹を震わせると、彼女を抱き寄せて股間を突き上げはじめた。

（これから、ずっとこの人と暮らすんだな……）

喜助は思い、菊乃のかぐわしい口を吸いながら、次第に動きを強めて絶頂を迫らせていったのだった……。

コスミック・時代文庫

あかね淫法帖《いんぽうちょう》
仙界の媚薬

2023年7月25日　初版発行

【著 者】
睦月影郎《むつきかげろう》

【発行者】
佐藤広野

【発 行】
株式会社コスミック出版
〒154-0002 東京都世田谷区下馬 6-15-4
代表　TEL.03(5432)7081
営業　TEL.03(5432)7084
　　　FAX.03(5432)7088
編集　TEL.03(5432)7086
　　　FAX.03(5432)7090

【ホームページ】
http://www.cosmicpub.com/

【振替口座】
00110-8-611382

【印刷／製本】
中央精版印刷株式会社

乱丁・落丁本は、小社へ直接お送り下さい。郵送料小社負担にてお取り替え致します。定価はカバーに表示してあります。

ISBN978-4-7747-6486-3 C0193